AF219906

UNGLAUBLICHE GESCHICHTEN

DAS UNFASSBARE

PIT VOGT

Idee, Design & Layout: Pit Vogt

Alle Stories sind frei erfunden

Impressum

Herstellung und Verlag:

BoD – Books on Demand, Norderstedt

ISBN : 9783754374429

© *2021*

INHALT

Die alte Bar

Manchmal, wenn ich allein zu Hause sitze, erinnere ich mich an die alten Zeiten. Dann krame ich mir die alten Fotos aus dem Schrank und verbeiße mir so manche Träne. Ja, es war schon eine ereignisreiche Zeit, damals, vor 30 Jahren. Auf einem Foto entdeckte ich eines Tages auch unsere kleine alte Bar. Dort hatte ich damals meinen Ehemann Jim kennen gelernt. Die Musik, der Blues „What A Wonderful World" mit Louis Armstrong – ich höre es noch, als wären all die vielen Jahre nicht vergangen. Ich sah mich mit Jim an einem der wackeligen Holztische sitzen und Rotwein trinken. Ach, wir konnten uns damals kaum etwas leisten. Aber in die kleine Bar gingen wir dennoch immer, wenn wir Zeit hatten. Damals lebten wir noch in einem herunter gekommenen Zimmer mitten in Boston. Wenn wir miteinander tanzten, dann war es so, als kannten wir uns schon eine Ewigkeit. Und dann heirateten wir. Irgendwann zogen wir weg aus der Gegend. Dann kamen die Kinder, die Karriere, das Haus, die Scheidung. Tränen liefen mir übers Gesicht. In die alte Bar sind wir seither nie mehr gegangen. Ich klappte das Fotoalbum zu und beschloss, nach Bosten zu fahren. Noch einmal wollte ich nach der Bar suchen, vielleicht gab es sie ja noch. Mir war nach Erinnerungen und die Neugierde ließ mir einfach keine Ruhe. Ich zog eine Jacke über, stieg ins Auto und fuhr nach Boston. Natürlich konnte ich mich nicht mehr genau erinnern, wo sich die Bar befand. Aber ich erinnerte mich noch, dass sie wohl zwischen zwei zierlichen runden Gebäuden stand, die aussahen wie Türmchen. Und tatsächlich, nachdem ich mich mehrmals verfahren hatte, entdeckte ich die winzige Seitenstraße mit den beiden Türmchen. Sogar die Bar gab es noch. Doch die Fenster waren vernagelt und das Schild überm Eingang, welches mir damals viel größer erschien, hing nur noch an einer alten Stromleitung und pendelte im Wind hin und her. Die Schrift darauf war nicht mehr zu erkennen. Ich erinnerte mich, dass wir damals heimlich, um nicht den Eintrittspreis zahlen zu müssen, durch einen Nebeneingang, den ausschließlich das Personal nutze, hinein gingen. Ich suchte nach diesem Nebeneingang. Und ich fand ihn. Er stand offen. Vorsichtig trat ich ein. Unter meinen Schuhen knirschten Glasscherben der zerbrochenen Fensterscheiben. Die schmale Treppe, die zum Tanzsaal hinaufführte, war total verdreckt. Überall lagen zerfetzte Zeitungen und Unrat herum. Es roch muffig und alt. Sogar die Pendeltür zum Saal gab es noch. Ich stieß sie auf und stand augenblicklich in meiner eigenen Vergangenheit. Durch die Spalten der Bretter, die vor die Fenster genagelt wurden, fiel etwas Sonnenlicht auf das zerschundene Parkett. Das Licht verfing sich im Staub des leeren Raumes und verzauberte ihn regelrecht. In der Mitte des Saales stand vergessen ein kaputter Stuhl herum. Ich setzte mich, und was dann geschah, erscheint mir noch heute wie ein Wunder. Als ich mit meinen Fingern an der Unterseite des Stuhles entlang tastete, stieß ich auf etwas Weiches, das unterm Sitzpolster klemmte, es schien Papier zu sein. Ich zog es hervor und betrachtete es. Es war eine alte Zeitungsseite aus dem Jahre 1976. Unter einem langen Text konnte ich ein Foto sehen. Es war schon recht vergilbt. Aber ich konnte genau erkennen, was, oder besser gesagt *wer* darauf abgebildet war: Jim und ich, wie wir auf dem Parkett tanzend unsere Runden drehten. Ich konnte es nicht fassen, wir beide, damals vor über dreißig Jahren, unbegreiflich. Mir schien es beinahe so, als sollte ich diese Zeitung finden. Denn plötzlich knackte es draußen vor der Pendeltür. Ich erschrak und schaute ängstlich zur Tür. Was, wenn irgendwelche Gauner hereinkämen? Oder vielleicht Obdachlose, die das verfallene Haus für sich okkupiert hatten? Doch es kam ganz anders. Als das Knacken und Knirschen verstummte, stieß jemand die Pendeltür auf. Durch das staubige Sonnenlicht konnte ich zunächst nicht sehen, wer da gekommen war. Langsam erhob ich mich von meinem Stuhl. Und jetzt konnte ich sehen, wer dort stand: Jim! Er schaute mich an und wir sprachen kein Wort. Wie konnte das nur möglich sein? Woher wusste er, dass ich ausgerechnet heute hier sein würde? Ich konnte mir all das nicht erklären. Doch es war real, Jim stand wirklich vor mir! In diesem Augenblick spürte ich einen heftigen Stich im Herzen. Mir schossen die Tränen in die Augen. Ich konnte meine Gefühle nicht mehr kontrollieren. Jim lächelte mich an und sprach noch immer kein einziges Wort. Und auch ich konnte nichts sagen, mir hatte es regelrecht die Sprache verschlagen. Das konnte einfach kein Zufall sein! Wir liefen aufeinander zu und umarmten uns. Wir konnten uns nicht mehr loslassen und in diesem Moment war es so, als gäbe es nichts, dass uns noch trennen konnte. Was für ein faszinierender märchenhafter Augenblick. Wir küssten uns und tanzten so wie damals unsere Runden – quer durch den Saal. Und wie im Märchen ertönte der alte Blues, zu dem wir schon damals getanzt hatten: „What A Wonderful World" mit Louis Armstrong. Wir konnten unser Glück nicht fassen. Stundenlang tanzten wir zu einer Musik, die eigentlich gar nicht da zu sein schien. Als es draußen langsam dunkler wurde, hielten wir uns noch immer in den Armen. Wir wussten in diesem magischen Augenblick genau – es musste ein Zeichen sein, dass wir uns genau zu diesem Zeitpunkt in dieser kleinen verfallenen Bar mitten in dieser riesigen Stadt wiederfanden. Es war fantastisch und unwirklich zugleich. Es war unfassbar! Als wir gemeinsam die Bar verließen schien es uns, als wollte sie sich von uns verabschieden. Ein seltsam trauriges Gefühl schwebte in der Luft. Wir bedankten uns beim Verlassen des alten Gebäudes für diese wundervolle Schicksalsfügung. Und irgendwie schien es, als wünschte uns die alte Bar alles erdenkliche Glück dieser Welt. Jim und ich lebten seitdem wieder zusammen. Und es begann eine intensive und liebevolle Zeit, die wir dankbar entgegennahmen. Ein Jahr später, es war unser Hochzeitstag, wollte Jim wieder zur alten Bar zu fahren. Vielleicht konnten wir dort wie früher tanzen und dem alten Blues lauschen. Dazu nahm Jim einen kleinen CD-Player mit. Er hatte sich vor Jahren die CD mit unserem Lied gekauft. Wir fuhren nach Boston, doch das Gebäude, unsere kleine Bar zwischen den Türmchen gab es nicht mehr. Sie war weggerissen worden. An der Stelle, an welcher sie stand, befand sich nur noch ein Trümmerhaufen. Das Merkwürdigste aber war, dass wir neben dem Schutthaufen einen alten Stuhl fanden. Ich betrachtete ihn mir genau und fand die alte Zeitungsseite mit unserem Foto unter dem Sitzpolster. Ich zog sie heraus und steckte sie ein. Dann erkundigten wir uns in einem Antiquitätenladen ganz in der Nähe, wann das Gebäude weggerissen wurde. Die freundliche Inhaberin schaute uns irritiert an. Offensichtlich wunderte sie sich über diese Frage. Schließlich meinte sie kühl: „Die Bar gibt es schon seit dreißig Jahren nicht mehr. Sie ist damals bis auf die Grundmauern abgebrannt.

Seitdem liegt der Schutthaufen hier herum und keiner kümmert sich mehr darum." Wir konnten es nicht glauben. Doch plötzlich erklang Musik aus der Ferne ein Blues, welcher uns beiden sehr bekannt vorkam und uns die Tränen in die Augen trieb: „What A Wonderful World" mit Louis Armstrong. Und wir tanzten in dem kleinen Laden dazu, als sei die Zeit niemals vergangen.

Verfahren

In den Sommermonaten war ich beinahe täglich mit meinem Fahrrad unterwegs. Da ich noch nicht sehr lange in diesem kleinen Dorf lebte, erkundete ich auf diese Weise die herrliche Umgebung. Auch an den Pfingsttagen des letzten Jahres war es so. Ich zog meine Fahrradkleidung über und fuhr los. Irgendwann landete ich in einem riesigen Waldstück. Es hätte ein wirklich herrlicher Ausflug werden können, wenn da nicht dicke Regenwolken ihre Last ausgerechnet über mir loswerden mussten. Zu allem Unglück hatte ich mich auch noch verfahren! An einer einsamen Gabelung blieb ich stehen und schaute mich ratlos um. Doch ich wusste beim besten Willen nicht, in welche Richtung ich weiterfahren musste. Nirgends fand ich ein Schild und der dichte Wald verhinderte die Sicht. Ich wusste einfach nicht mehr, wo ich mich befand. So wendete ich und fuhr in die Richtung, aus welcher ich glaubte, gekommen zu sein. Doch der Weg endete im Dickicht des Waldes. Plötzlich sah ich einen jungen Mann in einem Jogginganzug. Er stand mitten auf dem Weg und winkte mir zu. Als ich näherkam, rannte er los. Ich verstand nicht, was das zu bedeuten hatte. Brauchte er Hilfe oder wollte er mir den Weg aus dem Wald zeigen? Lange überlegte ich nicht. Ich schnappte mein Rad und fuhr dem Mann hinterher. Hinter einer Biegung aber war er verschwunden. Wieder blieb ich stehen und wartete. Dann plötzlich erschien er wieder. Er stand einfach vor mir auf dem Weg und winkte unaufhörlich in meine Richtung. Und wieder rannte er los. Ich folgte ihm, doch es war so wie eben … Nach einigen Kurven verlor ich ihn aus den Augen. Ich konnte ihn nirgends mehr entdecken. Irgendwann stand ich vor einem kleinen Haus. Es war teilweise von Bäumen verdeckt, sodass man leicht an ihm vorüber gehen konnte, ohne es zu bemerken. Ich stieg vom Rad, um mich zu orientieren. Aber der junge Mann zeigte sich nicht mehr. Da ich auch nicht wusste, wo ich mich befand, wollte ich in dem Haus nach dem Weg fragen. Vielleicht konnte mir dort jemand helfen. Ich ging auf die schmale Holztür zu und klopfte vorsichtig an. Dabei sprang die Tür einen Spalt weit auf. Vermutlich hatten die Bewohner vergessen, sie abzuschließen. „Hallo, ist jemand da!", rief ich laut. Zunächst kam keine Antwort. Doch als ich noch einmal rief, vernahm ich deutlich ein seltsames Stöhnen und Wimmern. Obwohl mir nicht so ganz wohl war, trat ich ein. Noch einmal rief ich, ob jemand zu Hause sei. Und erneut vernahm ich das rätselhafte Wimmern. Langsam ging ich durch den schmalen Korridor. Hinter der nächsten Tür fand ich dann doch jemanden vor – ein Mann lag auf dem Boden und wand sich vor Schmerzen. Neben ihm lag ein Jagdgewehr. Vermutlich hatte sich ein Schuss gelöst. Als ich mich zu ihm herunterbeugte, um ihm zu helfen, erstarrte ich … es war der junge Mann, den ich soeben im Wald gesehen hatte. Später stellte sich heraus, dass der junge Mann als Förster in dem großen Waldstück tätig war. An diesem Tage wollte er zur Jagd. Doch kurz zuvor erlitt er einen Kreislaufkollaps. Dabei fiel er auf das Gewehr. Es löste sich ein Schuss und verletzte ihn schwer. Wäre ich nicht rechtzeitig im Haus erschienen, wäre der Mann vermutlich gestorben. Hatte mich vielleicht der Geist des jungen Mannes zu seinem Hause geführt? Waren etwa seine große Not und seine Angst daran beteiligt, dass seine Seele mich zum Haus führte. Ich wusste es nicht und war froh, ihm noch rechtzeitig geholfen zu haben. Als der Mann endlich mit einem Notarztwagen abgeholt werden konnte, wollte auch ich wieder weiterfahren. Dabei fiel mir ein, dass ich ja den Weg nicht kannte. Ich hatte in dem Trubel einfach vergessen, nach dem Weg ins Dorf zu fragen. Da keiner mehr im Hause war und ich mein Handy nicht bei mir hatte, wollte ich das Telefon im Haus nutzen, um zu Hause anzurufen. Doch das funktionierte nicht. Ich konnte es nicht fassen! So viel Pech konnte man doch gar nicht haben. Genervt legte ich den Hörer auf die Gabel und schaute kurz aus dem Fenster. Doch was war das: Ich konnte nicht glauben, was ich da sah. Draußen auf dem Weg stand der junge Mann und lächelte zum Fenster hinüber. Dabei winkte er mir zu und rannte schließlich los!

Stadt der Engel

Schon in meiner Kindheit konnte ich nicht gut zeichnen. Meine damalige Zeichenlehrerin meinte, dass man bei meinen recht undefinierbaren Bildern sehr viel Fantasie benötigen würde, um irgendetwas zu erkennen. Vielleicht war das ja ausschlaggebend, dass ich mich Jahrzehnte später ausschließlich der Schreiberei widmete. Jedenfalls meinte sie zu meinem letzten Zeichenversuch, dass er irgendwie aussah, wie die Stadt der Engel, nicht greifbar und nicht fassbar. Damals verstand ich absolut keinen Spaß bei ihrer seltsamen Einschätzung. Glücklicherweise zogen wir Wochen später in eine andere Stadt. So musste ich sie nicht mehr sehen und konnte mich weiterhin meinen utopischen surrealistischen Bild-Ergüssen hingeben. Meine späteren Zeichenlehrer enthielten sich sicherheitshalber diskret ihrer Meinung. Ich schloss meine Schule ab und erlernte einen Beruf. Es war ein gastronomischer Beruf. Leider nur eine Notlösung, denn ich wusste zu jener Zeit nicht, was ich wirklich wollte. Weder konnte ich Gäste bedienen noch hatte ich ein Gespür für Speisen und Getränke. Ich konnte nicht einmal kochen. Eines Tages meinte ein unzufriedener Gast, ich wäre ein lausiger Kellner und sollte mich möglichst sofort in die Stadt der Engel scheren, Hauptsache weit weg von hier. Aber immerhin erreichte ich in diesem Beruf noch eine leitende Position. So schlecht konnte ich also gar nicht sein, wenngleich ich im Büro keinen direkten Kontakt zu den Gästen mehr pflegen musste. Und so versuchte ich an einem Feiertags-

Wochenende, meine Freunde und Kollegen selbst zu bekochen. Ich wollte ihnen beweisen, dass ich gar nicht so schlecht war. Es endete, wen wunderts, in einem regelrechten Desaster. Die Suppe brannte an, das Schnitzel war zäh wie eine alte Schuhsohle und die Nachspeise ... na ja. Wenigstens konnte ich beim Sekt nichts verkehrt machen, oder doch? Bis auf den Korken, der meiner damaligen Freundin Tina beim Öffnen der Flasche an den Kopf flog, ging es tatsächlich glatt. Sie wünschte mich in die ferne Stadt der Engel, die mir zeigen sollten, wie man richtig lebt, von wo ich auch nicht mehr so schnell zurückkommen könnte. Ich beschloss, den gastronomischen Beruf, in dem ich mich wirklich nicht mehr wohl fühlte, endgültig und zur Erleichterung meiner Kollegen an den Nagel zu hängen. Doch wie sollte es weiter gehen? Ich hatte weder eine Idee noch einen brauchbaren Plan. Ziellos eierte ich in meinem Leben hin und her. Da kam mir eine grandiose Idee! Mir fiel ein, dass ich in meiner Kinderzeit sehr gut singen konnte. Mein damaliger Musiklehrer bat mich stets an sein Klavier, wo ich den übrigen Schülern Lieder vorsingen musste. Ich tat das so gut, dass einige Mitschüler neidisch wurden. Dieser Neid steigerte sich so weit, dass sie mich bedrohten und mir Schläge anboten. Immerhin konnte ich mich später beim Boxunterricht bei den Betreffenden recht nachdrücklich revanchieren. Kurz und gut – ich probierte mich als Sänger. Und ich kam ganz schön weit. Ich schaffte es immerhin bis zu Wettbewerben und kleineren Auftritten bei Vorprogrammen großer Stars. Nun ja, Gesangsunterricht nahm ich auch. Jede Woche vier Stunden. Doch der Gesanglehrer meinte irgendwann, dass es wohl keinen Zweck habe. Ich sollte es mal in der Stadt der Engel versuchen, aber bitte auf keiner Bühne mehr.

Dann würde alles gut. Schweren Herzens sah ich es schließlich ein. Und so ging es immer weiter. Mal versuchte ich Dies, mal probierte ich Das. Es gab kaum einen Zweig der Wirtschaft, den ich nicht schon einmal kennen lernen sollte. Aber die Erfolge und damit das große Geld steckten sich die anderen ein. Zwar rackerte ich oft den ganzen Tag im Schweiße meines Angesichts und verzichtete auf so manchen schönen Urlaub. Dennoch blieb ich auf der Strecke und auf Nachfragen, warum man mich am Ende doch nicht wollte, wurde mir geraten, es doch mal in der Stadt der Engel zu versuchen. Traumtänzer wie ich wären im realen Leben fehl am Platze. Das ging mir derart an die Nieren, dass ich mir vornahm, diese Traumstadt tatsächlich zu suchen. Doch es gelang mir nicht. So sehr ich auch meinem vermeintlichen Glück hinterher rannte, umso vergeblicher gestaltete sich meine Suche nach dieser sagenhaften Traumstadt. Im Gegenteil: Vor lauter Verzweiflung wurde ich schwer krank. Keine Zukunft, keine Engel, keine Chancen mehr!

Ich dachte, mein Leben sei nun zu Ende. Und die Jahre vergingen, viele Jahre vergingen. Es war wirklich eine sehr harte Zeit. Ich sah mich bereits auf dem Friedhof, irgendwo unter wildem Klee liegen. Freunde sagten sich von mir los und ich hatte nur noch meine Mutter, die zu mir stand und mit mir wahrhaftig durch Dick und Dünn ging. Eines Tages plötzlich spürte ich, wie eine ganz neue, unbekannte Kraft in mir aufstieg. Ein völlig neues Lebensgefühl breitete sich in meiner Seele aus. Zunächst jagte mir das Angst ein. Doch irgendwann fühlte ich mich gut dabei. Und ich sah, wie die alte Zeit, mein altes, durchprobiertes unbefriedigendes Leben, hinter mir verschwand. Ich konnte mir das nicht erklären. Doch es gab keinen

Zweifel: Eine völlig neue Ära meines Lebens hatte begonnen. Wie gut, dass ich niemals aufgegeben hatte. Wie gut, dass ich mich nicht selbst verloren hatte und immer das Beste aus mir herausholen wollte. Und ich begriff, dass auch anderen Menschen, die irgendwann einmal große Stars wurden, sehr viel im Leben daneben ging. So sollte es wohl sein. Man darf dem Glück nicht hinterherrennen, es flüchtet dann nur vor uns. Auf dem langen Weg durch die Zeiten, müssen wir eben immer wieder sehr viel einstecken, müssen eine ganze Menge wegstecken. Wir müssen lernen, Dinge zu ertragen. Ich lernte mein Leben jedenfalls völlig neu kennen. Es war irgendwie faszinierend. Und es war wunderschön. Ich hatte plötzlich das dringende Bedürfnis, Dinge zu Papier zu bringen. Und ich brauchte mit einem Mal keinen mehr, der mir sagte, was ich zu tun hätte. Der Neid anderer traf mich nicht mehr so stark. Ich wurde sicherer und immer besser. Ich gab alles und wusste, dass ich es nicht nur für mich tat. Ich tat es auch für die Menschen, für alle Menschen. Und ich erkannte, dass ich einzigartig und wichtig bin auf dieser Welt. Wie wunderschön doch diese Welt jetzt sein konnte. Ich schrieb mehrere Bestseller und kam eines Tages als großer und doch bescheiden gebliebener Autor tatsächlich in eine märchenhafte Stadt. Dorthin, wo später mein eigener großer Verlag seinen Sitz hatte, nach Los Angeles, der Stadt der Engel!

Der Weihnachtsengel

Kurz vor Weihnachten hatte Ralfs Schulklasse eine kleine Ausfahrt geplant. Es sollte in den Harz gehen, wo man sich die wunderschöne Stadt Wernigerode anschauen wollte. Auch der Besuch eines Gottesdienstes war geplant. Dazu wurde ein Bus organisiert. Am 22. Dezember, in den frühen Morgenstunden ging es los. Siebzehn Schüler fuhren mit und alle freuten sich gleichermaßen auf die Tour. Die Eltern hatten den Kindern prall gefüllte Rucksäcke für die Reise mitgegeben und nun standen alle am vereinbarten Ort, um sich zu verabschieden. Es war ein großes Hallo, als sich die Kinder trafen und ein noch größeres, als endlich der Bus anrollte. Die Kinder stiegen ein und die Reise begann. Weil es ziemlich kalt war, hatte der Busfahrer die Heizung so richtig aufgedreht. Einer nach dem anderen zog sich seine Jacke aus. Bis zur ersten Rast spielte auch das Wetter mit. Die Sonne strahlte vom Himmel und die Autobahn war vom Schnee beräumt. Alles klappte hervorragend und alle freuten sich schon auf Wernigerode. Ralf saß neben Uwe, seinem Schulfreund. Die beiden hatten sich immer eine Menge zu erzählen. Vor allem Ralf, denn sein kleines Schwesterchen, welches andauernd im Mittelpunkt stehen wollte, nervte ihn damit, den Weihnachtsmann sehen zu wollen. Dabei glaubte Ralf schon lange nicht mehr an ihn, denn der Weihnachtsmann war immer der Papa. Auf dem Rastplatz gabs erst einmal ein ordentliches Frühstück. Heiße Würstchen mit Limonade. Aber auch Schokoriegel hatte der Busfahrer mit an Bord. Der heiße Tee der Eltern blieb in den Thermoskannen. Frisch gestärkt gings endlich weiter. Plötzlich verschlechterte sich das Wetter. Es begann heftig zu stürmen und zu schneien und die Fahrbahn, die in der kurzen Zeit natürlich nicht geräumt werden konnte, verwandelte sich in eine gefährliche Rutschbahn. Der Busfahrer kam nicht mehr dazu, den Bus so schnell abzubremsen. Mit immer noch viel zu hohem Tempo fuhr er in den Schnee und der Bus begann beängstigend auf der Fahrbahn zu schlingern. Noch versuchte der Fahrer gegenzulenken. Vielleicht ließ sich das tonnenschwere Gefährt ja irgendwie stabilisieren. Er bremste nicht, weil das den Bus erst recht ins Trudeln bringen würde. Sicherheitshalber hatte er den Fuß vom Gas genommen. Doch all diese Maßnahmen, wie auch die Sicherheitstechnik im Bus reichten nicht mehr aus. Gespenstische Stille breitete sich unter den jungen Fahrgästen aus. Einige schauten sich nur an, andere starrten wie vom Schlag gerührt hinaus auf die verschneite Fahrbahn. Keiner sprach auch nur ein einziges Wort. Auch Ralf und Uwe klebten in ihren Sitzen und hielten sich verkrampft an den Sitzlehnen fest. Das Hin und Herschaukeln des Busses wurde immer heftiger und bedrohlicher. Schon flogen einige Rucksäcke wie Geschosse durch den Bus. Glücklicherweise trafen sie keinen der Fahrgäste. Schließlich durchbrach das Fahrzeug die Mittelleitplanken, schaukelte aber sofort wieder quer über die Fahrbahn auf die andere Seite und raste über die Standspur hinaus. Ein greller Blitz zuckte an den Fenstern vorbei und ließ den Bus erzittern. Alle rechneten bereits mit dem Schlimmsten. Plötzlich wurde die Fahrt merklich langsamer und nach einem heftigen Stoß kam der Bus kurz vor einem Waldstück schließlich zum Stehen. Doch was war das, wo blieb der Fahrer? Der Sitz hinter dem Lenkrad war leer! Stattdessen öffnete sich die vordere Tür und ein Mann in einem roten Weihnachtsmannkostüm stieg zu. Die vollkommen verängstigten Kinder konnten noch immer nicht sprechen. Stumm krallten sich alle an ihren Sitzen fest. „Na, sind alle noch heil geblieben", rief der Fremde laut. Die Kinder wussten nicht, was sie davon halten sollten. Noch immer saß ihnen der Schreck in den Gliedern. Einigen war schlecht geworden und wollten aussteigen. Doch der Fremde meinte nur mit lustiger Stimme: „Ich sehe, Euch geht's gut. Das ist doch schon mal was. Und aussteigen könnt ihr gleich. Es muss nur noch etwas geregelt werden, dann lasse ich Euch alle raus. Zieht Euch aber warm an, denn draußen ist es kalt. Habt Ihr alle eine Jacke dabei?" Die Kinder wurden langsam etwas ruhiger und fanden auch ihre Sprache wieder. „Ja!", riefen alle wild durcheinander. „Da bin ich ja beruhigt. Draußen gibt's gleich heißen Tee. Und ansonsten wünsche ich Euch und Euren Familien trotz alledem recht Frohe Weihnachten." Ralf schaute neugierig aus dem Fenster. Aber er konnte nirgends jemanden entdecken. Und erst jetzt bemerkte er, dass auch die Autobahn vollkommen verlassen schien. Kein einziges Fahrzeug war zu sehen. Eben noch rasten doch dutzende Autos vorbei. Wo waren die alle geblieben? Im Schnee stecken geblieben? Aber dann müssten sie doch zu sehen sein.

Ralf wusste nicht, was er dazu sagen sollte. Er schaute zu dem seltsamen Weihnachtsmann, der im Gang stand und sich mit den Kindern unterhielt. Dann schaute er zur leergefegten Autobahn hinüber. Auch der Schneesturm hatte aufgehört. Die Sonne schien, als sei nichts geschehen. Und wo blieb eigentlich der Fahrer? Unmöglich konnte der Bus ohne Fahrer unterwegs gewesen sein, oder? Als der Fremde neben ihm im Gang stand, erkundigte sich Ralf nach dem Fahrer. Der Fremde schaute Ralf plötzlich so merkwürdig traurig an und sagte dann leise: „Glaub mir Ralf, dem geht es gut. Es lohnt sich nicht, dass Du Angst um ihn hast. Wichtig ist nur, dass es Euch allen hier gut geht. Nur das zählt im Moment." Hatte dieser obskure Weihnachtsmann da etwa seinen Namen genannt. Ralf erschien das Verhalten des Fremden immer seltsamer. Er fragte ihn, woher er seinen Namen wüsste. Doch der Fremde lachte nur und meinte dann, dass der Weihnachtsmann alles wüsste, sonst wäre er ja nicht der Weihnachtsmann. Aus seinen großen Manteltaschen holte er plötzlich unzählige Zimtsterne heraus. Sie waren sehr groß, viel größer als die, die man in den Läden kaufen konnte. Er verteilte die Zimtsterne unter den Kindern, die sich sogleich gierig darüber hermachten. Der Unfall und der fehlende Fahrer schienen beinahe vergessen. Nach ein paar Minuten rief der Fremde, dass nun alle aussteigen müssten. Die Kinder befolgten seine Anweisungen. Draußen sollten sie sich vor den angrenzenden Wald stellen und warten. Hilfe sei schon unterwegs. Und der heiße Tee auch. Dann sagte er noch: „Fürchtet Euch nicht. Alles wird gut. Immer. Wichtig ist nur das Leben, mehr nicht." Bei diesen letzten Worten schlug er ein Kreuz vor den Kindern und verschwand urplötzlich zwischen den Bäumen des Waldes. Kaum war er verschwunden, setzte ein heftiges Schneegestöber ein. Der Sturm kehrte zurück und peitschte die eiskalten Flocken auf die roten Wangen der Kindergesichter. Und auf der nahen Autobahn kroch eine endlose Autokarawane vorbei. Außerdem wurde es dunkler und dunkler. Doch was war das? Ihr Bus, aus welchem sie eben noch ausgestiegen waren, lag zerbeult und vollkommen zerstört auf der Seite. Aus einigen Fenstern schlugen meterhohe Flammen und dicker Rauch. Ängstlich standen die Kinder am Waldrand und konnten nicht glauben, welch schreckliches Bild sich ihnen bot. Ralf zitterte vor Kälte und vor Angst. Er hatte in diesem Moment so unendlich viele Fragen. Wie war es möglich, dass keiner von dem Brand etwas mitbekommen hatte? Und wie war es möglich, dass alle diesen furchtbaren Unfall überlebt hatten? Aus der Ferne vernahmen sie das Geheul von Polizeisirenen. Endlich kam Hilfe. Die Kinder wurden noch vor Ort von Notärzten untersucht. Man hüllte sie in warme Decken und gab ihnen heißen Tee. Es stellte sich heraus, dass sie völlig gesund und unversehrt waren. Nicht einmal ein Knochenbruch wurde festgestellt, nichts. Nur ihre Rucksäcke waren im Feuer verbrannt. Für den Busfahrer allerdings kam jede Hilfe zu spät. Als der Bus gegen die Leitplanke stieß und sich daraufhin überschlug, wurde er aus dem Fahrzeug geschleudert. Ralf berichtete einem Polizeibeamten von den rätselhaften Erlebnissen. Auch von dem seltsamen Weihnachtsmann und den großen Zimtsternen sprach er. Doch der Beamte schaute ihn nur misstrauisch an. Als auch die anderen Kinder von diesem merkwürdigen Erlebnis berichteten, wurden die Beamten sehr nachdenklich. Doch es überwiegte die Freude. Froh und glücklich konnten die Eltern ihre Kinder wieder in ihre Arme schließen. Am Heiligen Abend hatte man alle Kinder und deren Eltern zu einem Gottesdienst in die Kirche eingeladen. Alle waren gekommen. Und als Ralf, der auch Schülersprecher war, am Mikrofon einige Worte des Dankes an die Retter richtete, sah er unter den vielen Menschen, die auf den alten Holzbänken saßen, einen Weihnachtsmann. Der saß neben Ralfs kleiner

Schwester und beide knabberten ungestört an riesengroßen Zimtsternen herum. Ralf wiederholte die Worte, welche der Weihnachtsmann aus dem Bus zu ihnen sprach: „Fürchtet Euch nicht. Alles wird gut. Immer. Wichtig ist nur das Leben, mehr nicht." Als er geendet hatte und wieder in die Menschenmenge schaute, war der Weihnachtsmann verschwunden. Nur ein silberner Nebelschleier flog durch das große Kirchentor hinaus bis in den sternenübersäten Himmel. Und wie von selbst begann die Orgel ein Lied zu spielen: Stille Nacht, Heilige Nacht. Und Ralf war es, als ob er in dem silbernen Streif zwei leuchtende weiße Flügel gesehen hätte.

Alte Kronleuchter

Jan lebte noch nicht sehr lange in seiner neuen Wohnung in der Stadt. Es war ein wunderschöner sanierter Altbau, welcher inmitten vieler anderer gutbürgerlicher Mietshäuser stand und über mehrere Stockwerke verfügte. Für Jan war das sehr wichtig, denn er bezog die beiden oberen Geschosse. Ja, er liebte Maisonettewohnungen und fühlte sich nun so richtig wohl. Allerdings liebte er auch antike Möbel. Zwar verdiente er nicht sehr viel Geld. Aber er sparte sich einiges zusammen und konnte sich von Zeit zu Zeit ein neues altes Stück besorgen. Überdies schenkte ihm seine Großmutter zum Einzug drei wunderschöne alte Kronleuchter. Die bekamen Ehrenplätze in Wohnzimmer, Schlafzimmer und Diele. Als er sich komplett eingerichtet fühlte, genoss er jeden Tag, den er in seinem neuen Domizil erleben konnte. Eines Tages jedoch schien sich das Blatt zu wenden. Es war Winter geworden und Jan musste nun seine Kronleuchter schon sehr zeitig einschalten. Als er eines Abends von seiner Arbeit kam und im Wohnzimmer das Licht einschaltete, flackerte es einige Male und ging schließlich aus. Er tauschte die Glühbirne und machte es sich auf seinem Sofa gemütlich. Doch es war wie verhext, wieder begann der Kronleuchter zu flackern. Jan wusste nicht, was das zu bedeuten hatte. Erneut tauschte er die Glühbirne. Und wieder leuchtete sie eine kleine Weile, bis sie schließlich zu flackern begann. Genervt kontrollierte er den Sicherungskasten. Vielleicht lag es ja daran. Doch er konnte nichts entdecken. Alles schien einwandfrei zu funktionieren. Da das Flackern nicht aufhörte, fragte er seine Großmutter, ob sie derartige Dinge schon einmal an diesen Leuchtern beobachtet hätte. Doch die Großmutter konnte sich an einen derartigen Schaden nicht erinnern. Jan wollte die wunderschönen Kronleuchter keinesfalls durch andere Leuchten ersetzen. Er liebte sie und ließ sie dort, wo sie waren. Jedoch ging das Flackern einfach nicht mehr weg, ganz im Gegenteil, es wurde immer schlimmer. Als er eines Abends mal wieder einen spannenden Videofilm anschauen wollte, flackerte der große Kronleuchter im Wohnzimmer derart, dass es laut knisterte und knackte. Plötzlich schalteten sich alle drei Kronleuchter gleichzeitig ein und flackerten und zischten. Schließlich begannen sie wild hin und her zu schwanken. Dabei flogen Funken aus den Anschlüssen und setzten die Gardinen in Brand. Jan gelang es nicht mehr, sie zu löschen, und der Funkenflug wurde immer stärker. Sogar das Schlafzimmer stand schon in Flammen. Panisch zog er sich seine Jacke über und rannte aus der Wohnung. Er wollte eigentlich die Feuerwehr anrufen, doch ein Festnetztelefon besaß er noch nicht. Außerdem wohnte in dem neu renovierten Mietshaus bisher nur er, so konnte er nicht einmal zu den Nachbarn gehen. Und sein Handy hatte er im Auto liegenlassen. Als er auf der Straße war, vernahm er ein lautes Knirschen und Knacken. Erschrocken schaute Jan zum Himmel – zog jetzt auch noch ein Gewitter auf? Doch dem war nicht so. Die gesamte Fassade des Hauses vibrierte und stürzte schließlich, von entsetzlichen Geräuschen begleitet in sich zusammen. Jan wurde von einer riesigen Staubwolke eingehüllt und musste husten. Fassungslos stand er an seinem Auto und starrte auf das furchtbare Geschehen. Als sich die Staubwolke verzogen hatte, brauchte er die Feuerwehr nicht mehr zu rufen. Die kam schon um die Ecke gerast. Eintreffende Notärzte fragten ihn, ob ihm etwas fehlte. Doch Jan war wohlauf. Hätten die alten Kronleuchter nicht einen derartig heftigen Funkenflug erzeugt, so dass er aus dem Hause gehen musste, dann wer er wohl bei dem Einsturz ums Leben gekommen. Spätere Untersuchungen ergaben, dass sich unter dem Haus ein alter Bergwerksstollen befand, der nirgends verzeichnet war. Durch die Bauarbeiten hatte es heftige Erschütterungen gegeben, die den Stollen schließlich zum Einsturz brachten. Jans Haus stand genau darüber und stürzte ebenfalls zusammen. Seltsamerweise hatten die drei alten Kronleuchter, bis auf einige Kratzer keinerlei Schaden genommen. Jan zog sie aus den Trümmern und konnte sie wieder verwenden. Er hängte sie in seiner neuen Wohnung wieder auf und sie funktionierten, als sei nie etwas geschehen. Seine Großmutter, der er das Erlebte natürlich sofort schilderte, wunderte sich gar nicht über Jans Ausführungen. Vielmehr erzählte sie ihm, dass sie die alten Kronleuchter damals von einem fliegenden Händler auf einem Trödelmarkt günstig erstanden hätte. Der Händler erzählte ihr, dass die drei Leuchter schon eine Menge mitgemacht hatten. Er habe sie aus einer brennenden Wohnung gerade noch rechtzeitig retten können, denn er war von Beruf Feuerwehrmann …

Teuflische Erbschaft

Man sagt, es gibt Menschen, die mit dem Teufel paktieren. Doch nicht immer steckt blinder Hass dahinter. Manchmal ist es grenzenlose Liebe, die Menschen so handeln lässt! Als ich die 25-jährige Margret kennenlernte, erschien sie mir zerbrechlich und schwach. Sie lebte noch bei ihren Eltern, weil sie keine Arbeit hatte. Doch auch die Eltern waren arbeitslos und konnten ihrer Tochter nicht helfen. Oft stritten sie heftig miteinander, was Margret sehr traurig werden ließ. Eines Tages lernte sie Jürgen kennen. Er war drei Jahre älter als sie und studierte Medizin. Da es ihm etwas besser ging als Margret, half er ihr, wo er nur konnte. Die beiden verstanden sich wunderbar und wollten schließlich eine Familie gründen. Alles lief gut, doch plötzlich begann sich Jürgen zu verändern. Immer öfter zog er sich zurück und sprach tagelang kein einziges Wort. Wenn Margret ihn dann fragte, dann schrie er sie an, sie sollte ihn doch in Frieden lassen. Weil sie ihn so sehr liebte, trennte sie sich aber nicht von ihm. Jedes Mal versuchte sie, die angespannte Situation zu retten, indem sie mit ihm sprach. Und sie hatte das Gefühl, als ob ihn das wieder etwas zugänglicher werden ließ. Als sie jedoch schwanger von ihm wurde, war es auch mit dieser letzten Seligkeit vorbei. Jürgen kommandierte Margret herum und pöbelte sie grundlos an. Margret war froh, wenn er mal nicht da war. Doch sie wusste, dass es so nicht weiter gehen konnte. Denn sie hatte Angst, dass es so enden könnte wie bei ihren Eltern. So nahm sie sich vor, Jürgen heimlich zu beobachten. Vielleicht traf er sich mit dubiosen Leuten oder er hatte schlicht und einfach eine Geliebte. Als Jürgen eines Morgens wieder vorgab, zur Uni zu fahren, tat sie so, als hätte sie eine Menge Hausarbeit zu erledigen. In Wahrheit jedoch wollte sie nur eines … Jürgen nachspionieren. Zwar fühlte sie sich absolut nicht gut dabei, doch es musste sein! Nachdem Jürgen aus dem Hause gegangen war, wartete sie einen kleinen Augenblick. Dann zog sie sich eine Jacke über und folgte ihm. Natürlich musste sie darauf bedacht sein, dass er sie nicht bemerkte. Jürgen lief bis zu einer Straßenkreuzung und wartete dort einige Minuten. Plötzlich hielt ein schwarzes Fahrzeug, Jürgen stieg schnell ein und das Auto brauste davon. Margret trug vorsorglich stets einen Zettel und einen Stift bei sich. Sie ahnte wohl, dass sie all das irgendwann einmal brauchen würde. Nachdem sie sich die Autonummer notiert hatte, lief sie nach Hause zurück. Von dort aus rief sie mich an und bat mich, ihr bei ihren heimlichen Ermittlungen behilflich zu sein. Nur ungern erfüllte ich ihr diesen Wunsch, denn es war ja nicht ganz klar, ob Jürgen tatsächlich etwas Anstößiges tat. Dennoch wollte ich ihr helfen so gut es mir möglich war. Jürgen kam an diesem Abend erst sehr spät zurück. Als Entschuldigung gab er an, dass er zusammen mit einem Kommilitonen aus der Uni für eine schwierige Klausur lernen musste. Margret allerdings glaubte ihm kein einziges Wort. Und wieder kam es zu einem erbitterten Streit. Dabei entglitt ihr ein Hinweis auf die morgendliche Beobachtung an der Kreuzung. Jürgen wurde plötzlich sehr ernst und es schien, als sei er geistig weggetreten. Er packte seine Tasche und verschwand wortlos aus der Wohnung. Margret rief ihm noch irgendetwas hinterher, doch es war vergebens. Jürgen kam nicht mehr zurück. Bis Mitternacht wartete sie auf ihn. Doch von Jürgen fehlte jedes Lebenszeichen. Ihre anfängliche Wut wich einem unerklärlichen Angstgefühl, welches mehr und mehr von ihr Besitz ergriff und sie immer unruhiger werden ließ. Schließlich rief sie mich an. Sie schilderte mir den merkwürdigen Vorfall mit Jürgen. Ich fuhr sofort zu ihr und wir warteten noch eine geschlagene Stunde auf ihn. Als er nicht kam, fuhren wir gemeinsam los. Zunächst hielten wir an der Kreuzung, an welcher sie Jürgen in das schwarze Fahrzeug einsteigen sah. Doch ein schwarzes Fahrzeug oder sogar Jürgen konnten wir nirgends entdecken. Margret wusste, wo Jürgens bester Freund, der Kommilitone, mit dem er angeblich gelernt hatte, wohnte. Der war zu Hause und konnte sich ebenfalls nicht erklären, wo Jürgen steckte. Langsam wurde uns die Sache unheimlich. Als wir zur Polizei fuhren, um uns dort beraten zu lassen, mussten wir an einem kleinen Wäldchen vorbei. „Halt mal an", zischte Margret plötzlich. In einer kleinen Schneise hielt ich den Wagen an. Hatte Margret etwas gesehen? War Jürgen hier? Margret deutete auf ein Fahrrad, welches an einem Baum lehnte, es war Jürgens Rad! Zwar fragte sie sich, wie das hierhergekommen sei. Doch vielleicht war Jürgen unbemerkt nach Hause gekommen und hatte es sich geholt. Wir stiegen aus und liefen bis zu einer alten verfallenen Scheune. Aus ihrem Inneren drangen Stimmen. Das Scheunentor war nur angelehnt und stand ein Spalt weit offen. Vorsichtig pirschten wir uns bis zum Tor und schauten durch den schmalen Spalt. Und was wir dann sahen, ließ uns das Blut in den Adern gefrieren. In der Mitte der Scheune stand Jürgen. Er schien jedoch derartig in Trance, dass er stöhnend hin und her taumelte. Plötzlich knirschte und knackte es, dann züngelten Flammen aus dem Erdboden! Gelber Rauch stieg auf und aus dem Inneren der Erde erschien eine schwarze Gestalt. War die furchterregende Erscheinung etwa der Teufel? Der vermeintliche Teufel schwebte vor dem hin und her wankenden Jürgen und wurde größer und größer. Jürgen fiel auf die Knie und flüsterte unverständliche Worte. Dann sprach er mit zitternder Stimme: „Nimm mich an ihrer Stelle und lass sie am Leben. Bitte, bitte, nimm mich, ich liebe sie doch so sehr!" Der Teufel jedoch, der mittlerweile als riesiges drohendes Monster vor Jürgen schwebte, lachte laut und rief: „Wenn Du sie nicht frei gibst, dann nehme ich mir Dich!" Mit einem lauten Knall verschwand er daraufhin zurück in der Erde und die Flammen verschwanden. Jürgen kniete hilflos auf dem Boden und weinte bitterlich. Er schien vollkommen entrückt von dieser Welt. Sollten wir jetzt eingreifen. Wir mussten es! Wer weiß, was noch alles passiert wäre, wenn wir es nicht getan hätten. Margret rannte als erste in die Scheune. Sie lief geradewegs auf ihren Jürgen zu und hielt dessen Hand ganz fest. Jürgen, der sichtlich überfordert mit der Situation schien, wusste gar nicht, wie ihm geschah. Er stammelte etwas, wie: „Was willst Du denn hier? Ich schaff das auch allein, scher Dich weg! Ich brauch niemanden!" Schnell fiel ich ihm ins Wort und versuchte, ihm einige Fragen zu stellen. Mich interessierte vor allem, wer diese Erscheinung war? Auch wollte ich von ihm wissen, was er mit seinem Bitten und Flehen gemeint hatte. Doch Jürgen schaute mich nur schweigend an und fand es gar nicht so lustig, dass ich mit Margret in die Scheune gekommen war. Die wiederum schaffte es ebenfalls nicht, Jürgen eine Erklärung abzutrotzen. Als er sich wieder etwas gefangen hatte, stand er wortlos auf und verschwand mit seinem Fahrrad in der Dunkelheit der Nacht. Wir wussten nicht, was wir von all dem halten sollten. Außerdem bekam ich Angst, Margret könnte diese Aufregung geschadet haben. So fuhren wir wieder zu ihr nach Hause, in der Annahme, dass Jürgen dort sei. Doch er war nicht dort. Margret schien es zu müßig, noch länger nach ihm zu suchen. Sie wollte allein sein, um nachzudenken. Und sie wollte erst einmal allein mit dieser schwierigen Situation fertig werden. Ich fragte sie noch, ob sie sich wirklich sicher sei, dass sie das wollte. Doch sie nickte nur und komplimentierte mich aus der Wohnung. Natürlich sorgte ich mich sehr um sie. Dieser Jürgen schien wohl einfach nicht gut für sie zu sein. Seit sie ihn kannte, hatte auch sie sich verändert. Sie war nicht mehr so lustig und aufgeschlossen wie früher. Ich wusste jedoch nicht, wie ich ihr helfen könnte. So wunderte ich mich auch nicht, dass sie eines Tages heulend vor meiner Tür stand. Sie gestand mir, dass Jürgen sie kurzerhand verlassen habe. Angeblich sei ihm alles über den Kopf gewachsen: das Studium, die Uni, die schwangere Margret. Er packte es einfach nicht mehr. Aber was sollte aus Margret werden? Wer fragte sie, wie es ihr in dieser schweren Zeit ging? Oft versuchte ich, sie zu trösten und sprach sehr dann lange mit ihr. Plötzlich geschah etwas sehr Seltsames. Margret erhielt Post von einem Notar. Aus einer Erbschaft sollte sie 500.000 Dollar erhalten. Sie konnte sich das nicht erklären, denn keiner hatte ihr etwas zu vererben. Ihre Familie hatte kein Geld und war selbst bedürftig. Doch der Notar, der ihr das mitteilte, meinte nur lapidar, dass es sich um eine Urkunde handelte, die handschriftlich unterzeichnet sei. Ein älterer Herr hätte sie mit dieser Summe bedacht. Allerdings könnte sie die Urkunde sehr gern einsehen. Es war mir klar, dass sie Gewissheit wollte. Nach all diesen schweren Schicksalsschlägen musste sie wissen, ob sie wirklich dieses Geld geerbt hatte und von wem. Auf der Urkunde aber fand sie keine Hinweise, von wem das Geld kam. Allerdings erkannte sie die Unterschrift ... es war die von Jürgen! Wie kam er dazu, ihr so viel Geld zu vererben? War er etwa gestorben? Selbst der Notar konnte ihr das nicht erklären. Als Margret wieder nach Hause kam, fand sie einen Briefumschlag im Kasten vor. Sie öffnete ihn und erstarrte vor Schreck, denn dort stand geschrieben: „Meine geliebte Margret. Wenn Du das liest, dann bin ich nicht mehr unter Euch. Wundere Dich auch nicht über das Geld. Es hat alles seine Richtigkeit. Ich konnte nicht mehr mit ansehen, wie Du leidest. Du hast so viel mitmachen müssen. Nun sollst Du es besser haben. Du musst aber immer wissen, ich habe Dich stets geliebt. Die 500.000 Dollar sind von einer Person, der ich im Gegenzug meine Seele verschrieben habe. Der Vertrag liegt beim Notar und die Unterschrift ist tatsächlich von mir. Ich habe sie mit meinem eigenen Blut geschrieben!"

Satans Atem
Heimfahrt

Lisa war auf dem Weg von einer kleinen Geburtstagsparty, die ihre Freundin gegeben hatte, zu sich nach Hause. Es regnete und der Wind frischte ein wenig auf, doch das allerschlimmste war, dass sie durch ein dichtes Waldstück fahren musste. Es dämmerte bereits, als sie bei „Drivers Run" in den düsteren Wald einbog. Die Straße glänzte im Scheinwerferlicht, denn sie war nass und spiegelte das Licht ganz merkwürdig zurück. Weil Lisa ein wenig sonderbar wurde, legte sie sich eine CD ins Autoradio und lauschte dem leisen Blues. Plötzlich jedoch mischte sich ein anderes Geräusch, welches sich wie das Stöhnen eines alten Mannes anhörte, in die Musik. Zunächst glaubte Lisa, es sei ein Instrument, welches ja bei Blues nicht unmöglich sein mochte. Doch als es immer wieder ertönte, schaltete sie das Radio aus. Und wirklich, es war vielleicht ein sonderbarer Windhauch oder doch nur der Regen. Jedenfalls breitete sich ein monotones Stöhnen über dem Wald und der Straße aus.

Lisa bekam eine Gänsehaut, was konnte das nur sein? Nervös schaute sie in den Rückspiegel, doch da war nichts. Die Straße lag schwarz glänzend hinter ihr wie das Trauerband auf einem Kranz. Irgendwie war es der jungen Mittdreißigerin gar nicht mehr so gleichgültig wie eben noch. Doch sollte sie ausgerechnet hier anhalten? Sollte sie in einer völlig unbekannten

Gegend, die nicht einmal den allerbesten Ruf bei den Leuten hatte, einfach so den Wagen stoppen? Sie tat es, wollte der Sache auf den Grund gehen. Und so fuhr sie in einer kleinen Schneise von der Straße ab und hielt an. Jetzt hörte sie es ganz genau, dieses gruselige Geräusch, als wenn jemand vor Schmerzen stöhnte. „Haaa", es wollte einfach nicht mehr enden. Lisa spürte ein leichtes Zittern, und als sie in den dunklen Wald hineinschaute, glaubte sie, rote Lichtblitze zwischen den Bäumen zu erkennen. Jetzt bekam sie Angst, sprang schnurstracks in ihren Wagen und startete den Motor. Mit quietschenden Reifen raste sie los und glaubte sich schon in Sicherheit. Aber da beugten sich urplötzlich die Wipfel der Bäume zur Straße herab und versperrten ihr den Weg. Sie bremste scharf und verriss das Steuer. Der Wagen gehorchte ihr nicht mehr und kam von der Fahrbahn ab. Zwischen Sträuchern und Büschen kam er schließlich zum Stehen und bewegte sich nicht. Lisa starrte auf die dicht stehenden Bäume um sich herum und fürchtete sich sehr. Das Stöhnen war nun so deutlich, dass sie glaubte, jemand wäre neben ihr. Und warum hatten sich die Wipfel eigentlich so plötzlich auf die Straße gebeugt? Panisch verriegelte sie die Wagentüren und rutschte ängstlich unters Armaturenbrett. Immer wieder hörte sie es, dieses „Haaa", welches so unheimlich war, wie diese gesamte unbegreifliche Situation. Wollte sie nicht längst daheim sein? Mit zitternden Händen kramte sie ihr Mobiltelefon aus ihrer Handtasche und wollte ihre Freundin anrufen. Doch als sie aufs Display schaute, bemerkte sie, dass sie gar kein Funknetz hatte. Natürlich war ihr klar, dass es hier in diesem Wald nur selten ein Funknetz gab, aber was sollte sie nur tun? Plötzlich beugten sich die Wipfel der umstehenden Bäume noch weiter herab und der Wagen mit der darin befindlichen jungen Frau löste sich einfach in Luft auf. Als er verschwunden war, ertönte noch einmal dieses mysteriöse, unheilvolle Stöhnen: „Haaa". Dann wurde es still und die Bäume standen so, wie sie immer standen. Nur ein leichter Wind verfing sich in den Ästen und der Regen tropfte auf die einsame Waldstraße, als wenn er die Spuren der letzten untrüglichen Minuten verwischen wollte.

Satans Atem
Endstation

Als der letzte Schüler der Gymnasialklasse in den Zug eingestiegen war, schloss der Schaffner die Tür und blies inbrünstig in die Pfeife, um dem Zug das Abfahrtsignal zu geben. Langsam setzte sich die Lok mit ihren zwei Waggons in Bewegung, und die Schüler saßen müde an den Fenstern und waren schon zu kaputt, um sich noch endlos lange zu unterhalten. Einige schliefen bereits, als der Zug in ein dichtes Waldstück bog. Er fuhr sehr langsam und der Zugbegleiter trottete gelangweilt durch den Wagen, um die Fahrkarten zu kontrollieren.

Es musste auf der Höhe von „Drivers Run" gewesen sein, als der Zug plötzlich hielt. „Merkwürdig", zischte der Zugbegleiter, „hier haben wir sonst nie angehalten!" Ungläubig schauten die Schüler aus den Fenstern, doch sie konnten nichts Genaues erkennen. Da sprang der Lokführer von seiner Diesellokomotive und rief: „Ein Baum liegt auf dem Gleis! Wenn ihr mal helfen könntet!" Die Schüler, die auf einmal gar nicht mehr so müde waren, fanden das alles sehr aufregend und spannend und sprangen aus dem Waggon, um zusammen mit dem Lokführer und dem Zugbegleiter den schweren Stamm beiseite zu rollen. Es gelang und schon waren alle wieder im Zug, um endlich weiterzufahren. Doch nichts passierte, dafür aber erklang ein unheilvolles Geräusch. Es hörte sich an, wie ein lautes Stöhnen, dass sich wie ein unsichtbarer Wurm durch den umliegenden Wald und über die Baumwipfel schob, bis es schließlich, wie ein böser Geist, durch den gesamten Zug kroch.

Das Licht in den Waggons begann zu flackern und der Zugbegleiter konnte sich auch nicht erklären, was da vor sich ging. Draußen war es stockdunkel geworden und nur das immer lauter werdende Stöhnen konnte man noch hören. Die Schüler, die eben noch glaubten, alles wäre in Ordnung, gerieten in große Angst. Plötzlich bogen sich die Wipfel der am Bahndamm stehenden Bäume zum Zug herab und hüllten ihn vollständig ein. Es dauerte keine fünf Sekunden, da hatte sich der gesamte Zug in Luft aufgelöst und es wurde wieder still. Nur der Wind verfing sich im Geäst der Bäume als sei gar nichts geschehen. Diesmal allerdings schien etwas anders, denn niemand hatte bemerkt, dass Jimmy, ein Schüler aus dem eben noch vorhandenen Zug, fehlte. Er hatte sich im Wald umgeschaut, wollte wissen, woher das seltsame Stöhnen gekommen war, und fand sich in der Dunkelheit nicht mehr zurecht. Als er am Bahndamm stand, verstand er die Welt nicht mehr. Sein Zug war weg, aber wie war das nur möglich? Eben noch war er doch noch da und so schnell fuhr die Bahn ja nun auch nicht. Nachdenklich und fröstelnd setzte er sich auf das Gleis und starrte in die Dunkelheit. Was sollte er nur tun, vielleicht nach Hause laufen? Aber er wusste ja gar nicht, wie weit das noch war. So fand er, dass er sich im Wald umsehen könnte, um im dichten Buschwerk die Nacht abzuwarten. Es hatte ohnehin keinen Zweck, in der Dunkelheit umherzuirren. Glücklicherweise hatte er seinen Rucksack auf dem Rücken. Darin befanden sich noch ein paar belegte Brote und eine Flasche Mineralwasser. Damit würde er schon irgendwie auskommen und so lief er los. Es war schon beschwerlich, sich den Weg durchs Gestrüpp zu bahnen, aber dann glaubte er, einen schwachen Lichtschein zu sehen. Doch nein, es waren rote Lichtblitze, die ganz schwach durchs Geäst flackerten. „Da muss jemand sein!", dachte er sich und lief geradewegs darauf zu.

Als er einen dichten Busch auseinanderdrückte, sah er es, dieses winzige alte Holzhaus, aus dessen kleinen Fensterchen rotes flackerndes Licht wie der Schein einer Laterne herausfiel. Erleichtert lief der Junge bis vor die Tür und hielt dann doch inne. Irgendwie schien ihm das Ganze nicht geheuer zu sein, und so lief er erst mal ganz vorsichtig um das Häuschen herum. An einem der kleinen Fenster blieb er stehen und schaute neugierig ins Innere. In dem kleinen Raum befand sich nicht viel; nur ein paar alte Möbel, eine Truhe und ein alter Lehnsessel, in dem tatsächlich jemand saß. Es war ein alter Mann, der wohl ein wenig schlief, denn er hatte seine Augen geschlossen. Doch gerade als Jimmy an das Fenster pochen wollte, um sich bemerkbar zu machen, öffnete der Alte seine Augen. Jimmy erschrak fürchterlich, denn es waren keine menschlichen Augen, die da in seine Richtung schauten! Es waren zwei stechende rote Lichter, die in Jimmys Richtung starrten und dabei flackerten wie ein Warnlicht! Der aufgeregte Junge versteckte sich schnell unterhalb des Fensters und glaubte schon, der Alte hätte ihn längst bemerkt. Doch dem schien nicht so zu sein, denn es kam niemand. Dafür drang wieder dieses sonderbare Stöhnen an Jimmys Ohren. Er fürchtete sich wirklich sehr, und er wusste auch nicht so genau, was er tun sollte. Allerdings musste er schnellstens sehen, dass er unbemerkt von hier verschwand. Da knarrte die hölzerne Tür und der Alte erschien. Hatte er Jimmy doch bemerkt, dann wäre wohl alles verloren! Der Alte aber schritt geradewegs auf einen dicken Baum zu und sprach: „Öffne dich und gib mir das, was du heut gefangen hast!" Augenblicklich öffnete sich die Erde und gab den Blick auf etwas frei, dass Jimmy nicht glauben konnte. Es war ein Kanalsystem, welches offenbar alle Bäume des Waldes miteinander zu verbinden schien. Lange rote und blaue Fasern verbanden die Wurzeln der Bäume und es war, als wenn durch all diese Fasern und Leitungen irgendeine Flüssigkeit strömte. Wie konnte so etwas nur sein? Sollte am Ende gar der gesamte Wald unterirdisch mit diesen Fasern und Leitungen verbunden sein? War am Ende der gesamte Wald nur ein künstlich angelegtes Areal? Jimmy spürte, wie sein Herz bis zum Halse pochte. Er zitterte vor Angst und glaubte sich schon in der tiefsten Hölle. Doch da verschwand der Alte in der Erde, die sich hinter ihm langsam wieder zusammenschob. Erleichtert atmete Jimmy auf, doch wie sollte er unerkannt von diesem unheiligen Ort verschwinden? Neben der Holzhütte entdeckte er ein Motorrad. Das musste dem Alten gehören, und weil er bereits Motorrad fahren konnte, schlich er sich dorthin und schwang sich darauf. Er wusste, wie man eine solche Maschine kurzschloss und das tat er auch. Augenblicklich heulte der Motor auf und sogleich öffnete sich auch die Erde und der Alte stürmte wutschnaubend heraus. Zischend und schreiend rannte er auf Jimmy zu, doch der war schneller. Er gab der Maschine die Sporen und raste auf den kleinen Waldweg vor der Hütte. Der Alte schien allerdings auch ziemlich schnell zu sein und jagte wie ein Wirbelwind dem Motorrad hinterher. Jimmy schaffte es, den Alten abzuschütteln und auch das merkwürdige Stöhnen hielt ihn nicht mehr auf. Dafür senkten sich die Wipfel der Bäume auf den

Waldweg herab und Jimmy glaubte sich bereits verloren. Aber er schaffte es, aus dem Wald zu entkommen, noch bevor die Baumkronen den Waldweg versperrten. Schließlich gelangte er auf eine Asphaltstraße, die irgendwann an einem Motel vorüberführte. Dort hielt er an und schaute sich ängstlich um. Von dem Alten und dem sonderbaren Wald war nichts mehr zu sehen und zu hören.

In der kleinen Gastwirtschaft allerdings wunderte man sich über den aufgeregten Jungen und gab ihm erst einmal ein Nachtlager und eine Kleinigkeit zu essen. Jimmy war hundemüde und legte sich alsbald ins Bett, wo er sofort einschlief.

Irgendwann rüttelte ihn jemand ziemlich heftig an der Schulter, und als er seine Augen öffnete, starrte er ungläubig in das liebevolle Gesicht einer recht vertrauten Person. Es war seine Mutter, die neben seinem Bett stand und ziemlich besorgt zu sein schien. Jimmy stotterte nur herum: „Was ist passiert? Warum bist du hier, in diesem Motel?" Die Mutter schien die merkwürdige Frage nicht zu verstehen. „Welches Motel? Du bist daheim in deinem gemütlichen, warmen Bettchen. Wie geht es dir, mein Schatz?" Jimmy verstand gar nichts mehr und Stück für Stück kehrten seine vermeintlichen Erinnerungen zurück. Diese Klassenfahrt, der bedrohlich düstere Wald, das Stöhnen, dieser sonderbare Alte, es war doch alles so unglaublich real. Doch seine Mutter beruhigte ihn und meinte, dass die Klassenfahrt erst bevorstand. Sicher hatte ihr aufgeweckter Sohn alles nur geträumt.

Einige Zeit später ging es ihm schon erheblich besser und er saß am Frühstückstisch und schaute neugierig aus dem offenen Küchenfenster. Die Sonne stand schon hoch am Himmel und es versprach ein schöner Sommertag zu werden. Gleich würde er in die Schule gehen, da tönte eine sonderbare Meldung aus dem Radio: „Seit drei Tagen wird eine junge Frau mit Namen Lisa M. vermisst. Sie war mit ihrem Wagen in einem entfernten Waldstück unterwegs, bevor sich ihre Spur verlor. Außerdem brach der Kontakt zu einer Schulklasse abrupt ab, die ebenfalls in diesem Wald unterwegs gewesen war."

Wie versteinert saß Jimmy am Tisch und starrte erschrocken aus dem Fenster.

Plötzlich war alles wieder ganz nah und doch glaubte er, dass er alles nur geträumt hatte. Wie konnte so etwas nur möglich sein? Eine Antwort gab es nicht.

Nur kam plötzlich aus dem nahen Wäldchen am Haus solch ein merkwürdiges Geräusch, und es hörte sich an, als wenn die Bäume stöhnten und sich ihre Wipfel über dem Haus merkwürdig knisternd zu beugen begannen …

Düster liegt das Schloss im Wald
Geister ziehen nachts umher
Wenn es einsam ist und kalt
Nur ein Schrei durchs Schlosse hallt
Spuk bringt längst Verborgenes her

Das Grauen von Schloss Meppern

Gespenstisch lag das alte Schloss zwischen den dichten Bäumen des Waldes. Es stand auf einer Anhöhe, wodurch Schlossbesitzer Freiherr Arnold von Meppern gut über die Baumwipfel hinüber zu einem verfallenen Dorf, in welchem lange schon niemand mehr lebte, schauen konnte. Er hatte es sich zum Ziel gesetzt, das kleine Schloss demnächst zu verlassen, um künftig bei seiner Tochter Isabell in der Stadt leben zu können. So richtig wollte er das nicht, aber die immer umfangreicheren Renovierungsarbeiten und die ewige Einsamkeit hatten ihn letztendlich dazu gebracht. Außerdem hatte er gerade in den letzten Wochen immer wieder das Gefühl, nicht gänzlich allein zu sein. Seltsame Geräusche und sonderbare Lichter zogen des Nachts um die alten verwitterten Steinmauern des Schlosses. Arnold hatte all das wohl bemerkt und fürchtete an manch einem Tage sogar um sein Leben. Immerhin beherbergte er im Keller des Gemäuers, gut verriegelt, einen uralten Schatz. Seine Familie hatte seit dreihundert Jahren auf diesem Schloss gelebt, und die einst sprudelnden Einnahmen aus dem alten Dorf verwaltet. Doch im Mittelalter starben die Menschen an der Pest, das Dorf verwaiste, die Zeiten änderten sich und Arnold war letztlich der Einzige, der noch an diesem Orte blieb.

An jenem eisigkalten Dezemberabend fühlte sich Arnold nicht sehr wohl. Hustend saß er in seinem dunkelbraunen Lehnsessel und schaute zum gegenüberliegenden Fenster. Draußen war es bereits dunkel geworden und der Mond wurde von düsteren Wolken verdeckt. Plötzlich fuhr der Wind gegen das Fenster und riss es krachend auf. Der Windzug fegte wie ein Besen durch den großen Raum und schlug die Tür laut polternd zu. Stöhnend erhob sich Arnold und schaute aus dem Fenster, als er es schloss. Unheilvoll bogen sich die Wipfel der Bäume unter der Kraft des Sturmes und Arnold bemerkte mal wieder solch ein Gefühl, das ihn beinahe zu vernichten drohte: eiskalte Angst! Er wusste nicht, woher sie so plötzlich gekommen war, doch sie lähmte seinen Blick, seine Arme und seine Hände. Unsicher verharrte er am Fenster und bemerkte auf einmal dieses sonderbare Licht, welches aussah, als wenn sich dort unten auf dem schmalen feuchten Waldweg jemand mit einer Kerze in der Hand bewegte. Das allerdings konnte nicht sein, denn bei diesem Sturm wäre sie ja längst verloschen. Plötzlich allerdings sah er sie, diese sonderbare Frau in den wehenden weißen Gewändern. Wie ein Geist schwebte sie über den Weg und hielt etwas Leuchtendes, was zwar wie eine Kerze glomm, aber keine war, in ihren Händen. Unvermittelt blieb sie stehen und bewegte langsam ihren Kopf in Richtung des Fensters, hinter dem Arnold stand. Nun konnte Arnold ihr Gesicht erkennen, und ihm gefror das Blut in den Adern. Denn es war kein Gesicht, sondern ein dunkelgrauer Totenschädel, der da unter der weit geschnittenen weißen Kapuze zum Vorschein kam. Panisch verbarg sich Arnold hinter der Gardine und wusste im ersten Augenblick nicht, was er tun sollte. Aber dann fiel ihm ein, dass seine Großmutter einst von einer weißen Frau gesprochen hatte. Sie sollte sich immer mal wieder zeigen und soll auf der Jagd nach allem sein, was lebte. Denn jedes Mal, wenn sie sich gezeigt hatte, starb kurze Zeit später jemand auf dem Schloss. Arnold wusste, dass das jetzt eigentlich nicht mehr sein konnte, denn er lebte ja ganz allein hier, und ob diese sagenumwobene weiße Frau ausgerechnet an ihm Interesse hatte, bezweifelte er sehr. Er hatte sich schließlich nichts vorzuwerfen und war ein ehrlicher Mensch. Als er sich ein Herz fasste und noch einmal nach unten schaute, war da niemand mehr. Keine weiße Frau, kein Spuk, nichts. Vielleicht hatte er sich ja nur geirrt oder es war doch jemand anderes, jemand, der hier nur wanderte und längst verschwunden war? Das Knistern jedoch war noch zu hören und auf einmal vernahm er Schritte. Gemächlich und ruhig schien jemand über den hölzernen Flur vor der Tür zu schreiten. War das vielleicht jene weiße Frau? Arnold rannte zur Tür und verriegelte sie mit zitternden Händen. Als er durch das Schlüsselloch schaute, sah er, wie ein Schatten vor der Tür vorüberglitt. Erschrocken presste er sich an die Mauer neben der Tür, und der Wind riss das Fenster erneut auf und fuhr wie ein Dämon durch den großen Raum. Arnold hockte zitternd hinter der Tür und konnte sich nicht erklären, was hier vor sich ging. Es wurde kälter und kälter und dann raunte eine drohende Stimme:

Heute Nacht wird es geschehen
Werd das Schloss dann mit mir nehmen
Nichts bleibt mehr, wie es mal war
Denn die Stunde ist jetzt da
Rache werd ich heute nehmen

Arnold konnte nicht einmal um Hilfe schreien, so schockiert war er. Doch wer sollte ihm auch helfen, selbst, wenn er hätte rufen können? Es half nichts, er musste sich seinem ungewissen Schicksal ergeben. Aber wie hatte das diese seltsame Stimme nur gemeint, wofür wollte der vermeintliche Geist Rache nehmen? Er ahnte, dass es ein Geheimnis geben musste, ein Geheimnis aus grauer Vorzeit. Vielleicht hing das mit dem Schatz im Keller zusammen? Aber sollte er wirklich in die alten Katakomben herabsteigen, um nachzusehen, ob da etwas war? Er wusste, dass er den Dingen nur auf die Spur kommen konnte, wenn er genau dies tat. Doch zuvor musste er sich beruhigen und abwarten, was da noch geschah. Angst brachte ihn weder weiter noch ans Ziel. Und so wartete er eben ab. Nach einer gefühlten Stunde wagte er sich schließlich aus dem Zimmer. Draußen auf dem Flur schien alles ruhig zu sein. Mit der Taschenlampe und einem Messer bewaffnet schlich er sich über den langen Flur zur Steintreppe, die in den Keller führte. Noch immer war es eiskalt und überdies stockdunkel. Weil er sparen wollte, und auch musste, hatte er sämtliche Glühbirnen entfernt, die in den nicht bewohnten Räumen eingeschraubt waren. Nur der Wind nutzte die zahlreichen leerstehenden Räume, um dort die alten Fensterläden unheilvoll klappern zu lassen.
Die steinerne Wendeltreppe, welche in den Keller führte, endete vor einer alten hölzernen Tür. Sie war verschlossen und Arnold zog einen schroffen vermo-

derten Backstein aus der Mauer, hinter welchem sich der schmiedeeiserne Schlüssel verbarg. Das Schloss ließ sich nur schwer öffnen, denn schon lange hatte sich Arnold nicht mehr in diesen Keller gewagt. Aber dann sprang das Schloss auf und Arnold stand in dem stockdunklen Kellergelass.

Hier unten hörte sich der draußen tobende Sturm noch gespenstischer an. Wie ein tobender Unhold pfiff er um die Ecken und durch die Ritzen und Arnold befürchtete, dass jeden Augenblick der Geist der weißen Frau hinter ihm stünde. Doch dem war nicht so und so konnte er sich bis zum steinernen Sarkophag schleichen, worin er die Unterlagen und den Schatz verborgen hatte. Der Steinsarkophag hatte ein recht modernes Innenleben, denn er wurde von einem elektronischen Zahlencode geschützt. Arnold gab den Zifferncode ein und alsbald schob sich der Deckel ächzend zur Seite. Gleichzeitig schaltete sich ein kleines Licht ein, damit man die Dinge auch sehen konnte, welche sich dort befanden. Neben dem golden funkelnden Geschmeide und den kostbaren Perlenketten lag ein Aktenordner, in welchem sich die uralten Pergamente befanden. Arnold wollte nur sie und nahm sie schnell an sich. Dann verschloss er den Sarkophag wieder und pirschte sich zur Wendeltreppe zurück. Vorsichtig verschloss er die Holztür hinter sich und stieg auf leisen Sohlen nach oben. Doch weit kam er nicht, denn als er oben angelangt war, sah er sie schon, die weiße Frau. Sie musste irgendwie ins Schloss gelangt sein und schwebte bedrohlich vor der Tür des Raumes, aus welchem er gekommen war. Nein, es hatte keinen Sinn, weiterzugehen, wer wusste schon, was dieser Geist von ihm wollte. So schlich er in den Keller zurück und schloss die Holztür gut hinter sich ab. Hüstelnd setzte er sich auf den Deckel des Sarkophags und nahm sich den Aktenordner vor. Die zerschlissenen vergilbten Pergamente waren stark beschädigt und kaum zu entziffern. Dennoch gelang es ihm, einige Sätze zu lesen. Es stellte sich heraus, dass das Pestvirus, an welchem die Dorfbewohner einst starben, mutwillig vom damaligen Schlossbesitzer, Arnolds Urahn, Lord Bert von Meppern, in das Dorf gebracht wurde. Der gierige böse Lord ließ die Leute sterben und nahm ihnen alles ab. Eine alte Frau allerdings überlebte die Seuche und tauchte eines Nachts im Schloss auf. Sie soll dem Lord gedroht haben, dass sie so lange wiederkehren würde, bis die schwere Schuld beglichen sei. Fortan starben die Bewohner des Herrschersitzes an den merkwürdigsten Krankheiten. Der Spuk dauerte mehrere Generationen an und ließ bis auf die Nachfahren des Lords, die mit dem Fluch nichts mehr zu tun hatten, keinen übrig.

Arnold klappte den Ordner zu und schaute sich um. So war das also, dachte er sich und hatte doch mehr Fragen als zuvor. Woher kam diese sonderbare weiße Frau und was wollte sie hier? Wer war sie überhaupt und was bedeuteten die bedrohlichen Worte, welche Rache ankündigten? War das vielleicht wieder diese alte Frau, die einst die Pest überlebt hatte? Oder war sie doch ein völlig anderer Geist? Plötzlich musste er grinsen – was, wenn er sich das alles nur eingebildet hatte? Spielten ihm seine lebhafte Fantasie und die ewige Einsamkeit einen solch üblen Streich? Als er so hoffnungslos herumsaß, kam ihm eine Idee! Noch einmal öffnete er den Sarkophag und entnahm sämtlich Schmuckstücke. Schnell verbarg er sie in einem Sack und band ihn zu. Den Sarkophag ließ er geöffnet zurück, als er den Kellerraum verließ. Leise schlich er die Treppe bis zum Tor, welches sich auf halber Höhe befand und aus dem Schloss führte. Dort stellte er den

Sack ab und verließ das Schloss mit eiligem Schritt. Zwischen dichten Sträuchern hatte er seinen Wagen versteckt, und als er sich hineinsetzte, schaute er sich noch einmal um. Das Schloss lag in der Dunkelheit als sei gar nichts geschehen. Auch die vermeintliche weiße Frau schien ihm nicht gefolgt zu sein. Nur der abflauende Wind bewegte noch die Wipfel der Bäume hin und her und auf und ab. Das Rauschen der Äste konnte ihn nun nicht mehr aufhalten, obwohl er sich noch immer fürchtete. Er hatte sich vorgenommen, seine Flucht aus dem Schloss ein wenig vorzuziehen, sofort zu seiner Tochter zu fahren, denn im Schloss wollte er keine Stunde länger mehr bleiben. Den Schatz wollte er nicht, und auch sonst hatte er nur noch einen einzigen Gedanken: fort von diesem verfluchten Ort! Flugs startete er den Wagen und verließ schnellstens den Wald und die Gegend und die furchtbare Vergangenheit.

Als er Tage später mit seiner Tochter Isabel noch einmal zurück zum Schloss fuhr, um die restliche Kleidung zu holen, irrten sie lange im Wald umher. Doch an der Stelle, wo sich das Schloss befunden hatte, war da nichts mehr. Selbst das alte Dorf war verschwunden. Nichts zeugte mehr von alledem und Arnold konnte nur ahnen, was sich ereignet hatte. So merkwürdig das auch sein mochte, aber vermutlich hatte die weiße Frau nicht nur den Schatz geholt, sondern auch das Schloss und das verfallene Dorf. War das vielleicht ihre eigentliche Rache?

Als sich die beiden wenig später in einer etwas entfernteren Gemeinde nach dem Schloss und dem verfallenen Dorf erkundigten, erzählte ihnen eine sonderbare alte Frau, dass es seit vielen Jahren kein Schloss mehr gab und das alte Dorf schon vor hundert Jahren niedergebrannt sei. Die beiden konnten nicht fassen, was hier vor sich ging, fuhren eiligst davon, und unterwegs hatte Arnold den Eindruck, eine weiße Gestalt sei am Waldesrand umhergeflogen. Und wenig später vernahmen die beiden neben dem schrillen Kichern einer alten Frau die düsteren Worte, die sie wohl niemals mehr vergessen würden:

Fort ist alle Rache, fort
Ziehe nun von diesem Ort
Mir gehört jetzt Schmuck und Schloss
Auch das Dorf mit Mann und Ross
Ich bin Bert, der alte Lord

Weihnachten an „Ausfahrt 77"

Das Schneetreiben nahm einfach kein Ende mehr. Immer dichter verwehte der immer stärker werdende Sturm die riesigen Flocken und Susan musste das Scheinwerferlicht ihres Wagens abblenden, um überhaupt noch etwas zu erkennen. Mit aller Macht krachten die Sturmböen in ihr Fahrzeug und es schien beinahe unmöglich weiterzufahren. Sonderbarerweise schien sie plötzlich ganz allein auf der Autobahn zu sein. Allerdings verwehrte der tosende Blizzard ohnehin, dass sie die Scheinwerfer anderer Fahrzeige wahrnehmen konnte. Längst fuhr sie nur noch Schritttempo, und da bemerkte sie es, dieses etwas windschiefe Schild, welches auf die „Ausfahrt 77" hinwies.

„Da muss ich mal raus!", rief sie laut und ihre Entscheidung schien goldrichtig zu sein. Denn plötzlich krachte ein riesiger Baumstamm mitten auf die Fahrbahn und versperrte den Weg. Susan aber fuhr die „Ausfahrt 77" von der Autobahn ab. Die Straße allerdings wurde schmaler und schmaler und mündete schließlich in einen unbefestigten Weg. Der führte geradewegs in ein dichtes Waldstück. Dort ging es nicht mehr weiter und Susan nahm an, dass es sich um einen kleinen Waldparkplatz handelte. Nur war sie ganz alleine dort.

„Nicht einmal den Schnee hat einer weggeräumt!", murrte sie in sich hinein.

Als sie den Motor des Wagens ausgeschaltet hatte, vernahm sie das Donnern und Tosen des Sturmes, der sich in den zahllosen Tannen verfing und die Schneewolken wie eine riesige Herde vor sich hertrieb. Susan hustete und dachte an ihre Eltern. Eigentlich war sie auf dem Weg zu ihnen und wollte unbedingt abends, zum Heiligen Abend, dort sein. Aber nun? Es war so dunkel, dass sie glaubte, es sei schon tiefste Nacht. Nervös kramte sie ihr Handy aus der Tasche. Doch es war wie verhext, an diesem verlassenen Ort gab es einfach kein Netz. Aussteigen wollte sie nicht, denn der Sturm war einfach zu stark. So kippte sie die Lehne ihres Sitzes nach hinten, legte sich gemütlich in das entstandene bettähnliche Gebilde und schloss ihre Augen.

Zur gleichen Zeit war auch Familie Miller, Ron, Lena und der kleine Tim, auf dem Weg nach Hause. Und auch sie benutzten jene Autobahn, auf welcher schon Susan gefahren war. Auch sie wunderten sich, dass sie plötzlich ganz allein unterwegs waren. Schließlich fanden sie die winzige „Ausfahrt 77", welche auch Susan genommen hatte, um den Blizzard abzuwarten. Familienvater Ron schimpfte und Lena, seine Frau, versuchte, den Frieden wiederherzustellen.

„Dann schaffen wir es eben nicht!", zischte sie, „Den Weihnachtsbaum können wir morgen immer noch aufstellen!"

Langsam glitt der Wagen unter den mit Schnee bedeckten Tannen entlang und erreichte den winzigen Parkplatz, wo auch Susan stand. „Schaut mal", rief Tim, der kleine Sohn der Familie, laut, „dort steht noch ein Auto!"

Ron hatte es ebenfalls bemerkt und hielt den Wagen an. Lena musste kichern und sagte mit bebender

Stimme: „Das sich hierher noch jemand verirrt hat, unfassbar."

Die kleine Familie starrte aus dem Wagen in das wilde Schneegestöber und hatte das Weihnachtsfest, den Heiligen Abend, längst abgeschrieben.

Plötzlich ließ der Sturm nach und Ron wollte den Wagen wieder starten. Doch aus irgendeinem Grund funktionierte etwas nicht.

„Auch das noch!", rief er entnervt und stieg aus. Auch Susan hatte wohl mitbekommen, dass der Sturm vorüber war und wollte abfahren. Und auch ihr Wagen streikte. Immer wieder versuchte sie es und starrte dabei genervt zu dem anderen Wagen, dem es ebenso erging. Ron zuckte hilflos mit den Schultern und lehnte sich kopfschüttelnd an seinen Wagen. Nun stiegen auch der kleine Tim und seine Mama Lena aus und sprangen vergnügt durch den Schnee. Die beiden schien es gar nicht zu stören, dass sie an diesem merkwürdigen verlassenen Orte festsaßen. Im Gegenteil, sie freuten sich und trällerten ein Weihnachtslied nach dem anderen. Susan stieg ebenfalls aus ihrem Auto und rief: „Es hat wohl wenig Sinn, in den Motorraum zu sehen! Oder haben Sie Ahnung?" Damit schaute sie zu Ron, der immer wieder mit den Schultern zuckte.

„Wissen Sie was", rief Lena, „wir haben einen Weihnachtsbaum dabei. Den haben wir eigentlich für heute Abend besorgt, es war der letzte, ein bisschen schief zwar, aber egal. Wollen wir ihn hier aufstellen?"

Tim rief laut: „Ja, das wäre wirklich schön", und Susan nickte, während sie sich die kalten Hände rieb.

„Ich habe Streichhölzer dabei, und wenn wir ein bisschen Reisig sammeln, das halbwegs trocken ist, könnten wir uns ja ein Lagerfeuer machen."

Susan fand diese Idee großartig und holte die Flasche Sekt, die eigentlich für ihre Eltern bestimmt war, aus dem Wagen.

„Und die trinken wir dazu!", rief sie laut.

„Schade, dass wir nichts zu essen dabeihaben", meinte Ron.

Und während die anderen nach trockenem Reisig suchten, holte Susan die Becher ihres Saftservice aus dem Wagen.

„Das war eigentlich ein Geschenk für meine Eltern, für den Sommer, wenn sie im Garten ihres kleinen Häuschens sitzen. Komisch, nun muss es ausgerechnet im Winter ausprobiert werden!"

Lena und Ron mussten kichern und Tim sprang immer wieder durch den meterhohen Schnee, um sich in besonders hohe Haufen einfach fallen zu lassen. Es dauerte nicht lange, da hatten sie eine Menge Holz gesammelt und Ron versuchte, das Lagerfeuer zu entfachen. Doch so sehr er sich auch mühte, das Feuer wollte nicht entstehen.

Plötzlich knackte es laut. Die Vier zuckten zusammen!

„Haben Sie das gehört? Was war das?", rief Lena.

„Ist vielleicht ein Bär oder ein noch wilderes Tier!", entgegnete Susan und musste lachen. Den anderen Dreien aber war es nicht nach lustig sein. Sie verzogen sich in ihren Wagen und schauten von dort ängstlich in die Dunkelheit. Plötzlich bohrten sich zwei Scheinwerferkegel in die Nacht und ein drittes Fahrzeug rollte heran. Es war ein winziges altes Auto, welches klapperte und quietschte. Es schien wohl ebenfalls nicht mehr weiterfahren zu wollen und hielt schließlich neben den anderen beiden Autos an. Kaum war der Motor aus, sprang ein junger Mann aus dem Wagen. Der stöhnte laut und rief aus voller

Kehle: „Was für ein blöder Abend! Das hatte gerade noch gefehlt!"

Nun kamen auch die anderen aus ihren Autos und gesellten sich zu dem Neuankömmling.

„Ist die Autobahn immer noch dicht?", erkundigte sich Ron und der junge Mann, der sich unbedingt John ansprechen lassen wollte, meinte, dass er einfach nur eine Pause machen wollte.

„Sagen Sie mal … John … haben Sie getrunken?", wollte Susan von dem unbekümmerten, ziemlich kecken Mann wissen. Der vermeintliche John pfiff sich ein Weihnachtsliedchen und rief: „Ein wenig, aber was soll's! Es geht sowieso nicht mehr weiter! Ich bin eben rausgeflogen und kann jetzt tun und lassen, was ich will!"

Ron und Lena verzogen ihr Gesicht, nur Susan schien das nicht zu stören. Sie fand den frechen Jüngling möglicherweise recht nett und lächelte ihn verlegen an. Als John bemerkte, dass Ron das Reisig nicht anzünden konnte, kramte er aus dem Kofferraum seines Autos mehrere Einmalgrills hervor.

„Damit dürfte es wohl gehen! Zufällig habe ich in einer solchen Fabrik gearbeitet, die so was herstellt. Ich habe einige heimlich beiseitegeschafft und die können wir nehmen!"

Ron und Lena fanden das zwar nett, doch über die Art und Weise, wie John zu den Einmalgrills gekommen war, rümpften sie nur die Nase. Als dann aber das Lagerfeuer knisterte und einen angenehmen, warmen Feuerschein verbreitete, schien es egal zu sein, woher die Grills gekommen waren. Sie waren da und das war einfach gut so. John hatte ein paar leere Bierkästen im Wagen und die holte er und stellte sie um das Feuer herum. Währenddessen brachte Ron den Weihnachtsbaum. Er steckte ihn in den tiefen

Schnee gleich neben dem Feuer und Lena band noch ein paar Zellstofftaschentücher an dessen Äste, damit sie nicht so kahl aussahen. Etwas Anderes hatten sie ja nicht und dann setzten sie sich auf die Bierkästen und wärmten sich am Feuer die Hände. Susan rutschte immer näher an John heran, und der holte sein Pausenbrot, welches er an diesem Tag ja nicht mehr gebraucht hatte, um es mit den anderen zu teilen. Für jeden war ein belegtes Brot da und es schmeckte wirklich gut. Währenddessen öffnete Lena die Sektflasche. Genüsslich goss die jedem etwas in die Plastik-Saftbecher ein.

Dann erhob sie ihren Becher und wollte etwas sagen, da knirschte es plötzlich. Es hörte sich an, als wenn etwas durch den Schnee stapfte. Ron, der schon glaubte, ein Wolf wäre im Anmarsch, zog einen brennenden Ast aus dem Feuer und zischte: „Bleibt wo ihr seid, ich versuche, das wilde Tier mit dem Feuer zu vertreiben."

Es dauerte eine ganze Weile, ehe sich das vermeintliche Wildtier zeigte. Allerdings war es kein wildes Tier, sondern ein Mensch. Es war ein alter Mann, der irgendwie aussah wie der Weihnachtsmann. Zwar trug er keinen langen roten Mantel, sondern einen alten braunen, der obendrein auch noch kleine Löcher hatte. Und sein Bart war auch nicht weiß, sondern zerzaust und grau. Immerhin, einen Rucksack, wenngleich einen sehr ausgeleierten, hatte er auf dem Rücken.

Als er die Fünf an ihrem Lagerfeuer und dem danebenstehenden Weihnachtsbaume sitzen sah, blieb er stehen und räusperte sich laut. Keiner traute sich, etwas zu sagen und Ron warf schnell den brennenden Ast ins Feuer zurück, bevor er sich auf seine Kiste fallen ließ. Neugierig schaute sich der Alte um und räusperte sich erneut. Aber dann nahm er seinen Rucksack vom Rücken und ließ ihn in den Schnee plumpsen.

„Na", begann er zu sprechen, „da war wohl der Winter schneller, als ihr gucken konntet, wie?"

Und als er das sagte, schaute er sich den Weihnachtsbaum genauer an, welcher vom knisternden Lagerfeuer geheimnisvoll angeleuchtet wurde.

John fasste sich als erster und sagte: „Ja, so kann man das wohl sagen! Auf der Autobahn geht's ja nicht mehr weiter. Aber irgendwie ist's wie im richtigen Leben."

Der Alte schaute John mit ernster Miene an und meinte schließlich: „Manchmal sind unsere Wege einfach versperrt und wir müssen stehenbleiben. Dann müssen wir eben die nächste Ausfahrt nehmen, um nachzudenken, was wir tun können, stimmt's?"

Abwartend schaute er in die Runde und Susan hatte Tränen in ihren Augen. So gern wäre sie jetzt bei ihren Eltern, wäre bei ihrer Mutter und würde sie umarmen, wie auch ihren achtzigjährigen Dad. Der Alte schritt etwas näher an die mit den Tränen ringende junge Frau heran und nickte ihr aufmunternd zu, während er dabei seine Augen schloss.

„Keine Sorge, es geht ihnen gut. Sie sind wohlauf und warten auf dich."

Susan wollte etwas sagen, doch der Alte öffnete seine Augen und meinte dann: „Fürchte dich nicht. Ich kann mir schon denken, dass du dich sehr um sie sorgst. Aber wenn ich dir sage, dass sie wohlauf sind, kannst du mir das glauben. Es wird alles gut."

Lena musste sich nun ebenfalls die Tränen aus dem Gesicht wischen und hielt die Hand ihres Mannes ganz fest. Mit der anderen zog sie ihren kleinen Sohn fest an sich heran und ließ ihn nicht mehr los. Auch zu den Dreien stapfte der Alte und hatte wohl bemerkt, wie sehr Lena bemüht war, die Familie zusammen zu halten.

„Es ist doch nicht schlimm, Weihnachten mal nicht daheim zu feiern.", meinte er dann.

„So viele Menschen können das nicht. Ist es denn so wichtig, jeden Heiligen Abend im schicken Heim zu verbringen? Reichen dafür nicht auch ein verschneiter Tannenwald und ein Lagerfeuer mittendrin? Schaut, ihr habt ein solch schönes Lagerfeuer gemacht und den Baum so wunderbar aufgestellt, besser geht's doch wirklich nicht. Ach so, noch was, egal, wo ihr auch immer seid, ihr seid zusammen. Das ist es, was zählt, Zusammensein! Und das ist doch ganz einfach und gar nicht schwer."

Als er Susan weinen sah, musste er ein wenig grinsen. Und als er so zu ihr stapfte, um sie sich genauer zu betrachten, sagte er: „Und du solltest nicht ewig so allein durchs Leben gehen. Sieh mal, gar nicht weit von dir entfernt ist jemand, der heute ein liebes Wort gebrauchen kann. Denn er hat etwas verloren, das ihm sehr wichtig war."

Bei diesen Worten schaute er kurz zu John, der das alles sehr gut zu verstehen schien. Er lächelte Susan an und die trank ihren Becher in einem Zuge leer. Schließlich wischte sie sich die Tränen aus den Augen und schob verlegen ihre Bierkiste neben Johns. Der zögerte gar nicht lang und nahm die junge hübsche Frau beherzt in seine Arme. Irgendwie schienen sie sich wohl gefunden zu haben, jedenfalls nickte der Alte wieder so seltsam, als er auf den Weihnachtsbaum zu stapfte. Unterwegs blieb er noch bei dem kleinen Tim stehen und strich ihm sachte über seine bunte Bommel-Mütze.

„Du musst mir versprechen, besser in der Schule zu lernen, sonst wird's nichts mit dem Berufswunsch Feuerwehrmann!"

Tim war wie erstarrt, hatte er doch nie gedacht, dass dieser alte Mann etwas von seinen Zensuren und schon gar nicht von seinem Traum von einem Feuerwehrauto wusste. Er wurde puterrot und schämte sich ein wenig. Doch der Alte ließ sich nicht beirren und sagte nur: „Ach, nimm es nicht so schwer! Das schaffst du schon. Immerhin hast du heute den Weihnachtsmann gesehen. Wenn das nichts ist!"

Er öffnete seinen Rucksack und holte einige bunt eingewickelte Dinge hervor.

„Hier, das ist für euch, und ich bin mir sicher, dass jeder sofort weiß, welches Geschenk für ihn ist. Ich muss nun weiter. Euch wünsche ich alles Glück dieser Welt und vergesst niemals diesen wundervollen Abend. Denn es ist euer Heiliger Abend. Gottes Segen und ahoi!"

Mit diesen Worten schnallte er sich den alten Jute-Rucksack wieder auf den Rücken und verschwand alsbald zwischen dem Geäst der Sträucher und der düsteren Tannen.

Ron schaute nachdenklich zum lodernden Feuer und bemerkte, dass da noch der Wanderstock des Alten lag. Schnell sprang er auf, griff sich den Stock und rannte dem Alten hinterher, um ihm den Stock zu bringen. Doch so sehr er sich auch umschaute, den alten Mann konnte er nirgends mehr entdecken. So nahm er den Stock an sich und ging zurück. Die übrigen Vier saßen noch immer schweigend um den Weihnachtsbaum und das Lagerfeuer herum und wussten nicht, wie ihnen geschah. Dann aber rief John: „Na los, lasst uns die Geschenke öffnen! So schnell finden wir ganz sicher keine mehr heute Abend!"

Und so erhoben sich alle und nahmen sich je ein Päckchen. Merkwürdigerweise trugen alle Geschenke kleine Etiketten, auf denen ihre Namen verzeichnet waren. Schnell waren sie ausgepackt, wobei sich der kleine Tim besonders beeilte. Als alle ihre Päckchen geöffnet hatten staunten sie. John und Susan hatten je eine Reise in eine idyllisch gelegene Baude im Gebirge geschenkt bekommen. Und es war klar, dass sie diese Reise zusammen machen wollten. Lena wunderte sich, denn diesmal hatte sie kein Küchengerät bekommen, so wie sonst. Nein, es war etwas, dass sie sich schon lange gewünscht hatte: ein Urlaub in einer winzigen Fischerhütte am Meer.

Und auch Ron fand diesen Urlaubscheck in seinem Präsentkarton. Ja, und der kleine Tim bekam ein blinkendes, feuerrotes Feuerwehrauto, ein ferngelenktes, denn das wünschte er sich am allermeisten. Seine kleinen braunen Augen leuchteten und alle sahen, wie glücklich er war.

Noch sehr lange saßen die Fünf am Lagerfeuer und der Heilige Abend verging. Schließlich wurden sie müde und wollten nur noch eines: nach Hause!

Als schließlich auch das Lagerfeuer verlöschte, räumten sie alles in die Fahrzeuge, verabschiedeten sie sich voneinander und tauschten noch ihre Adressen aus. Zufrieden setzten sie sich in ihre Autos, und es war ganz merkwürdig, denn die Fahrzeuge ließen sich sofort starten. Langsam fuhren sie durch den tief verschneiten Winterwald zur Autobahn zurück. Und auch hier wunderten sie sich, denn es waren viele Fahrzeuge unterwegs.

„Ach, das war wirklich ein wunderschöner Heiliger Abend.", stöhnte Lena und Ron nickte ihr zustimmend zu. Währenddessen schlief der kleine Tim auf dem Rücksitz und hielt dabei seine neue feuerrote Feuerwehr ganz fest in seinen Händen. Susan und John fuhren hintereinander her und hatten nur ein einziges Ziel: die Liebe. Nie hätte Susan gedacht, auf eine solch merkwürdige Weise jemanden kennenzulernen. John fühlte sich ebenso und ihm war leicht, so leicht wie schon lange nicht mehr. Er wusste, dass er mit dieser fabelhaften Frau, mit Susan, alles schaffen könnte. Das gab ihm die nötige Kraft zum Weitermachen und für einen Neuanfang. Und dieses vermeintliche Wunder hatte ihm dieser sonderbare Heilige Abend gebracht.

Als Susan schließlich daheim bei ihren Eltern eintraf, kam sie diesmal nicht allein. Sie brachte einen netten, gutaussehenden jungen Mann mit, John.

Tim, der daheim wieder zu ganz neuem Leben erwachte, weil er nicht mehr müde sein wollte, setzte sich gleich an seinen Laptop. Er wollte unbedingt die Stelle heraussuchen, wo die Ausfahrt war, an welcher sie diesen merkwürdigen Heiligen Abend erlebt hatten. Doch als er auf der Karte nachschaute, gab es da weder eine solche Ausfahrt noch einen dichten Tannenwald. Nichts dergleichen war da zu sehen.

Als er den Laptop traurig wieder zuklappte, strich ihm seine Mama übers Haar und meinte: „Ist es nicht egal, ob es diese Ausfahrt gibt oder nicht? Schau, wir waren alle zusammen und haben sogar ganz liebe neue Freunde kennengelernt. Und du mein Sohn, du hast den Weihnachtsmann gesehen. Das ist doch wirklich toll!"

Tim sah das natürlich ein und er holte seine feuerrote Feuerwehr und ließ sie quer durchs Zimmer fahren. Und dabei war ihm, als wenn eine wohlbekannte Stimme raunte: „War das nicht ein toller Heiliger

Abend? Immerhin hast du heute den Weihnachtsmann gesehen. Das ist doch auch etwas. Frohe Weihnachten Tim und nicht vergessen: Das Wichtigste ist,
dass man zusammen ist und am Heiligen Abend nicht
allein bleiben muss, egal, wo man gerade ist."

Umweg zur „Area 51"

Es war ein schwüler Tag, als Pits Mami mit ihrem Wagen irgendwo in der Wüste von Nevada steckenblieb. Sie war einfach aufgebrochen, um einen Tag -oder auch zwei- für sich selbst zu haben. Das Ding bewegte sich keinen Meter mehr vorwärts und es sah ganz so aus, dass die junge Frau einen Notdienst rufen musste, um weiterzukommen. Die drückende Hitze kroch durch den engen Wagen und breitete sich rasant auf ihrer Haut aus. Um sich ein wenig zu erfrischen, stieg sie aus dem Auto, doch da war es auch nicht viel besser. Entnervt und total k.o. setzte sie sich neben den Wagen in den heißen Sand unter einem knochigen Busch. Wenigstens spendete der ein wenig Schatten. Als sie ihr Handy aus der Tasche holte, stellte sie entsetzt fest, dass es kein Netz hatte. Ein wenig panisch hielt sie es in alle Himmelsrichtungen, doch es half nichts. Nun konnte sie nicht einmal zu Hause bei ihrem kleinen Pit Bescheid geben. Außerdem bemerkte sie, dass sie einfach so losgefahren war, nicht einmal ausreichend zu trinken hatte sie dabei. Es war wie verhext, sie hatte tatsächlich angenommen, dass sie schnell wieder daheim sein würde. Dass so etwas passierte, konnte sie nicht ahnen. Was sollte nun werden?

Plötzlich tippte sie jemand von hinten an. Erschrocken fuhr sie herum und starrte in das Gesicht eines gutaussehenden jungen Mannes. Seine Augen funkelten irgendwie seltsam, doch das konnte auch an der intensiven Sonneneinstrahlung liegen. Was der fremde Mann dann aber sagte, verschlug ihr regelrecht die Sprache: „Ich komme von der Area 51, gleich in der Nähe. Komm mit, dann gebe ich Dir etwas zu trinken und Du kannst Dich stärken."

Die Mami wusste, was diese sonderbare „Area 51" war, zumindest glaubte sie, es zu wissen – es war ein gruseliges Geheimnis, welches sich mit diesem Stützpunkt verband. Aber an Außerirdische oder irgendeinen anderen Zauber glaubte sie nicht. Sie stand mit beiden Beinen fest auf der Erde und willigte ein, mit dem Fremden mitzugehen. Als sie in den Wagen steigen wollte, hielt sie der Fremde zurück. Er meinte, dass er eine andere Möglichkeit habe. Und als er das sagte, bückte er sich und legte eine kleine metallene Schachtel, die nicht größer war als eine Streichholzschachtel, auf den sandigen Boden. Die vermeintliche Schachtel fluktuierte und schillerte im gleißend hellen Sonnenlicht und plötzlich formte sich ein gespenstischer Wirbel um sie herum. Schnell wurde er größer und hüllte alsbald die beiden in sich ein. Ehe die Mami noch nachdenken konnte, überkam sie das Gefühl, dass sie irgendetwas kraftvoll in die Luft erhob. Schließlich schwebte sie neben dem Fremden einher und der schaute lächelnd zu ihr herüber. Doch kaum hatte der sonderbare Zauber begonnen, endete er auch schon wieder und es wurde ziemlich düster. Es war jedoch sehr angenehm geworden, nicht mehr so heiß, wie eben noch.

Die Mami schaute sich um. Der fremde junge Mann war verschwunden, dafür breitete sich um sie herum eine große, leere, düstere Halle aus. Irgendetwas schwebte unmittelbar vor ihr – und als sich ihre Augen an die Dunkelheit gewöhnt hatten, erkannte sie, was es war, ein riesiger metallisch schimmernder Diskus! Das musste eine fliegende Untertasse sein, so schoss es ihr in den Sinn. Aber da erschien der Fremde mit einer großen Wasserflasche und einem Tablett, auf dem einige belegte Brote waren. Der Fremde stellte alles auf einen kleinen Steinsockel, der sich neben ihnen befand und sagte dann: „Lass es Dir schmecken. Ach so, ich bin Bob. Ich arbeite auf diesem Stützpunkt. Und ehe Du weiterfragst, ja, das ist ein Raumschiff, aber kein außerirdisches. Es ist zwar noch geheim, aber in Kürze werden wir der Öffentlichkeit darüber berichten. Denn schon bald beginnt eine neue Ära. Wir haben endlich das Geheimnis der Gravitation geknackt! Das bedeutet, dass wir keine altmodischen Flugzeuge mehr brauchen, die mit brennbaren Flüssigkeiten betankt werden müssen. Wir fliegen mit diesen Scheiben, die wir lange erproben mussten, ehe sie funktionierten, um die ganze Welt und verbrauchen lediglich einen Stoff, der noch geheim ist, der aber nicht brennbar ist. So wird alles sicher und viel bequemer. Keiner muss mehr Angst vorm Fliegen haben." Misstrauisch schaute die Mami zu dem sonderbaren Diskus und dann in das beruhigende Gesicht des jungen Mannes. Hatte er das wirklich alles ernst gemeint, und warum sagte er ihr das? Wollte er sich interessant machen? Und war das dieses sagenumwobene Geheimnis von Area 51? Sie konnte sich das alles nicht vorstellen und nahm die Wasserflasche, um einen ordentlichen Schluck daraus zu trinken. Sie hatte großen Durst und erst allmählich kehrte ihre Ruhe und ihre Ausgeglichenheit zurück. Irgendwie schien ja alles ziemlich logisch, doch sollte wirklich alles so kommen? Und waren wirklich die Menschen an diesen unfassbaren Erfindungen beteiligt? Steckte da nicht doch etwas ganz Anderes dahinter?

Was war das für ein seltsamer Wirbel, mit dem sie hierher geflogen waren? Wohl gab es mehr Fragen als Antworten und sie wollte sie Bob stellen. Der jedoch meinte auf einmal, dass er nur noch wenig Zeit habe und sie wieder zurückbringen müsste. Die Mami sah das natürlich ein und so flogen die beiden, die sich ziemlich sympathisch fanden, in dem merkwürdigen Wirbel in die Wüste zurück. Und es war ganz seltsam, denn das Auto, welches eben noch defekt schien, ließ sich ohne Schwierigkeiten starten und fuhr schließlich ohne Probleme los. Beim Abschied schenkte ihr Bob das metallene Kästchen und meinte dabei ein wenig traurig: „Schade, dass wir uns wieder trennen müssen, aber es muss sein. Nimm diesen Transporter, er ist voll funktionstüchtig. Und wenn Du doch noch einmal liegenbleibst, dann lege das Kästchen auf den Boden und rufe meinen Namen. Dann bin ich da und helfe Dir. Abgemacht!" Die Mami hatte Tränen in ihren Augen – und als sie ihren Wagen startete und langsam losfuhr, sah sie nur noch, wie Bob in einem Wirbel aus Sand verschwand. Sie hatte keinerlei Probleme mehr mit dem Wagen, ohne Beanstandungen schaffte sie es bis nach Holiday Natürlich wollte sie wissen, was es mit diesem merkwürdigen Kästchen auf sich hatte und fuhr zu einem namhaften Institut. Dort kannte sie einen Wissenschaftler, dem sie von ihrem seltsamen Erlebnis berichtete. Jim, so sein Name, schaute die junge Frau ungläubig an und betrachtete sich dann das sonderbare Relikt. Als er das Material testete, stellte er fest, dass es sich um eine vollkommen unbekannte Legierung handelte. So ließ sich das Ding auch nicht öffnen und schon gar nicht durchleuchten. Irgendwie hatte die Mami aber das Gefühl, Jim glaubte ihr nicht und so fuhr sie wieder heim, um über ihre Erlebnisse nachzudenken, vielleicht auch mit ihrem Sohn Pit darüber zu sprechen. Der war allerdings mal wieder in der Stadt unterwegs und die Mami hatte die Ruhe, die sich ein wenig erhofft hatte. Was sie nicht wissen konnte, Jim hatte sich, kurz nachdem sie gegangen war, mit der Regierung in Verbindung gesetzt, wo man die Testergebnisse nachdenklich betrachtete. Bei der darauffolgenden geheimen Videokonferenz wurde Jim unmissverständlich klargemacht, dass er die Testergebnisse niemandem mehr zeigen durfte, denn sie wären angeblich gefälscht. Als Jim nach dem Werkstoff fragte, aus welchem das Kästchen bestand, runzelte der hochrangige Regierungsbeamte die Stirn, beugte sich vor die winzige Kamera und sagte dann leise: „Ja, das ist schon interessant, nicht? Solch eine Legierung ist auf der Erde nicht bekannt. So etwas gibt es nicht einmal in unseren geheimsten Laboren." Die Mami lag seitdem oft in der Sonne auf der Terrasse des Hauses in Holiday und erinnerte sich immer wieder an ihr wundervolles Erlebnis. Diesen Bob fand sie wirklich sehr nett und irgendwie spürte sie ein bislang unbekanntes Stechen in ihrem Herzen. Pit hatte sie zwar davon erzählt, aber der hatte wegen anstehender Prüfungen genug mit sich selbst zu tun. Sie wollte ihn auch nicht unnötig ängstigen, schließlich war es ja nur ein Tag, an welchem sie mal für sich sein wollte. Und als sie sehnsüchtig in den Himmel schaute, der sich blitzblank wie ein azurblaues Geheimnis über ihr wölbte, hüllte sie ein nebliger Wirbel ein und eine ihr wohlbekannte Stimme flüsterte: „Komm mit mir in meine Welt am Rande des Universums. Bring unseren Sohn, den kleinen Pit mit und dann sind wir wie damals immer zusammen."

Das alte Kastell

Gespenstisch lag das alte Kastell zu York-Lima im Hochland von Rockford-Mountain. Lady *Arabella von York-Lima* lebte seit vielen Jahren auf diesem herrschaftlichen Landsitz und pflegte das schwierige Erbe ihrer großherzoglichen Familie. Derer zu York-Lima kamen einst aus dem Südamerikanischen und hatten damals vor fünfhundert Jahren ihr Domizil in diesem eroberten Kastell gefunden. Doch es war ein zunächst sehr schweres Erbe, das ihnen da zuteilwurde. Denn die Gefolgschaft tat nicht das, was sie tun sollte und die Leute mochten sie schlichtweg nicht. Es war schon ein hartes Stück Arbeit und eine Menge mittelalterlicher Folter vonnöten, den Neu-Adel zu etablieren. Doch dann, etwa um 1525 herum, war es so weit. Die Familie York-Lima war die unumstrittene Herrscherfamilie in dieser Gegend. Keiner traute sich mehr, auch nur ein Wort gegen die Herrscher zu äußern. Es wäre ihm wohl schlecht bekommen. Diese Zeiten waren lang vorüber und Lady Arabella war kurz davor, diesen Landsitz zu verkaufen. Das Geld wurde knapp und nur vom Erbe und dem geretteten Namen konnte sie auch nicht leben. Und so schritt sie ein letztes Mal durch die riesigen Säle des Gemäuers, um von allem Abschied zu nehmen, was sie dort erblickte. Tränen liefen ihr übers Gesicht und als sie die mannshohen Gemälde ihrer Ahnen sah, stockte ihr beinahe der Atem. Sie schämte sich sehr, dass sie es nicht geschafft hatte, dieses Anwesen zu retten. Doch es half nichts-sie musste gehen. Als sie im letzten Saal, dem so genannten Musikzimmer eintraf, ließ sich das Licht nicht einschalten. Da es draußen längst dunkel geworden war, konnte sie natürlich nichts sehen. Nervös kramte sie nach einer Taschenlampe in ihrer Jackentasche. Seitdem sie nicht mehr alle anfallenden Energierechnungen bezahlen konnte, hatte man schon oft den Strom abgestellt. Sie schaltete die Lampe ein und versuchte, irgendetwas zu erkennen. Doch der schwache Lichtkegel verlor sich in der Düsternis des großen Raumes. Da vernahm sie plötzlich eine seltsame Stimme. Es hörte sich an, als ob irgendjemand flüsterte. Sie konnte nichts verstehen und rief laut: „Hallo, ist da jemand? Melden Sie sich doch! Hallo." Doch es antwortete niemand. Und nun funktionierte auch die Taschenlampe nicht mehr- mit einem Schlag fiel das Licht aus. Weil Ashley nicht viel sehen konnte, wurde es ihr recht unheimlich zumute und sie suchte nach der Tür. Sie fand sie jedoch nicht mehr und irrte in dem großen dunklen Saal umher. Doch da war sie wieder, diese sonderbare Stimme. Sie flüsterte irgendetwas und Arabella konnte sie nicht verstehen. Noch einmal rief sie laut und wollte wissen, wer da sprach. Doch auch diesmal kam keinerlei Antwort. Plötzlich war es ihr, als ob die Stimme zu singen begann. Ganz leise sang die Stimme ein Lied. Es war eine Mädchenstimme und Lady Arabella lauschte dem wundersamen Gesang. Der Gesang war so sanft und so zart, wie sie noch nie ein Lied gehört hatte. Und wieder musste sie weinen. Sie fand einen Hocker, auf den sie sich schließlich setzte. Und die Stimme sang immer weiter. Es war wie ein Gesang aus Tausend und einer Nacht. Als die Stimme verstummte, wurde es wieder totenstill. Noch einmal versuchte Arabella der Taschenlampe einen winzigen Lichtstrahl abzuringen. Und es gelang, allerdings nur für wenige Sekunden. Aber diese kurze Zeit reichte aus, um ein Buch auf dem Fußboden zu entdecken. Sie hob es auf und schlug es auf. Und es war ganz seltsam, denn obwohl ihre Taschenlampe nun keinen einzigen Mucks mehr tat, leuchteten die Seiten ganz von selbst. Arabella kam aus dem Staunen nicht mehr heraus. In dem Buch waren dutzende von Liedern verzeichnet. Es mussten Lieder aus einem anderen Lande sein, denn die Texte waren allesamt in Spanisch verfasst. Da sie die Sprache beherrschte und auch Noten zu lesen vermochte, begann sie zu singen. Und es war die gleiche Melodie, die sie eben gehört hatte. Die fremde Stimme hatte diese Lieder gesungen und sie fand diese Musik so wunderschön, dass sie ein Lied nach dem anderen sag, welches sie in diesem Buch fand. Und plötzlich schaltete sich auch das Licht im Saal wieder ein. Der riesige Kronleuchter in der Mitte des Raumes verbreitete ein strahlendes Licht und Arabella war, als seien die alten glorreichen Zeiten wieder erwacht.

Sie fühlte sich wie die Fürstin eines fernen Märchenlandes. So etwas hatte sie noch nie zuvor erlebt. Was waren das nur für zauberhafte Lieder? Wie konnte es möglich sein, dass diese Lieder den Saal und sie selbst derart verzauberten? Konnte diese sanfte Musik wirklich ein solches Wunder vollbringen? Immer und immer wieder hob sie zu singen an und jedes Lied verklang inmitten des Saales wie ein Choral. Und obwohl sie ja „a cappella" und ganz allein diese Strophen sang, war es ihr, als würde sie von einem Orchester begleitet und mehrstimmig singen. Es war verrückt, aber es war wunderschön. Und als sie zu diesen Liedern zu tanzen begann, vergaß sie alles Schlechte, was sie die vergangene Zeit begleitet hatte. Sie sah nur noch diesen schimmernden Kronleuchter und die langen weißen Gardinen, die von einem seltsamen Luftzug magisch bewegt wurden und sie hörte nur noch diese einzigartige Musik. Irgendwann sank sie schließlich in sich zusammen und lag unter dem Kronleuchter. Sie lachte und fühlte sich so glücklich wie schon lange nicht mehr. Und in ihr erwuchs eine glorreiche Idee: sie wollte in diesem Saal Gesangsstunden und Konzerte geben. Schon am nächsten Tag wollte sie Inserate in den Zeitungen aufgeben und mit ihrem Vorhaben beginnen. Die ganze Nacht hindurch sang und tanzte sie und am nächsten Tag tat sie alles so, wie sie es sich vorgenommen hatte. Und es war wie ein Wunder, schon nach wenigen Tagen hatten sich so viele Interessenten für ihren Gesangsunterricht gemeldet, dass sich die Kassen langsam wieder füllten. Und als sie die ersten Konzerte gab, bei welchen sie selbst und ihre Schüler auftraten, waren alle Finanznöte schnell vergessen. Es ging wieder aufwärts und aus dem alten Kastell wurde eine einzigartige Musikschule. Das Geschäft florierte und Lady Arabella gelangte zu neuer Anerkennung. Es war die Musik, die sie so erfolgreich werden ließ. Nicht einmal im Traum hätte sie sich das gedacht. Und als sie eines Nachts wieder einmal durch die Räume des Kastells schritt, hatte sie das alte Liederbuch unterm Arm. Sie wollte alles noch einmal genau durchlesen. Sie schlug es auf und entdeckte einen kleingedruckten Satz, den sie nie mehr vergessen konnte: „Diese Lieder sollen der Familie York-Lima immer Glück und Erfolg bringen. In Liebe, Constanze von York-Lima." Und als Arabella das las, sang wieder diese leise, zarte Stimme. Und Arabella sang einfach mit und sie war sich sicher, dass es Constanze war, die da sang.

Der Engel im Schnee

Jack Snow war ein erfolgloser Autor. Sein erstes Buch, welches er erst vor wenigen Monaten fertig gestellt hatte, war zwar in den Buchläden, doch es wollte niemand kaufen. Bestürzt und vollkommen niedergeschlagen zog sich Jack zurück. Er verschloss seine Tür und zog den Telefonstecker aus der Dose. Ab sofort wollte er mit keinem Menschen mehr Kontakt. Nur die nötigsten Dinge und Wege erledigte er noch. Ansonsten bekam ihn keiner mehr zu Gesicht. Mehr und mehr zog die Traurigkeit in sein Leben und er ahnte bereits, dass ihn Gott wohl endgültig verlassen hatte. Er ging nun auch in keine Kirche mehr, weil er von einem Gott, der harte Arbeit und festen Willen nicht anerkannte, nichts mehr wissen wollte. Briefe schickte er an die Absender zurück und nachts träumte er nicht mehr vom großen Erfolg, sondern davon, wie er sich am besten und am wirkungsvollsten aus dem Wege räumen konnte. An einem eiskalten Dezemberabend ging er schon sehr zeitig in sein Bettchen, konnte jedoch einfach nicht einschlafen. Zu viele Gedanken gingen ihm durch den Kopf und er wusste weder ein noch aus. Der kalte Wind fegte durchs Fenster und blies dabei die Schneeflocken bis vor sein Bett. Nervös stand er wieder auf und schloss das Fenster. Dabei schaute er hinaus und plötzlich packte ihn solch eine sonderbare Sehnsucht. Es war ein Gefühl, dass er bis dahin nicht gekannte hatte. Es kam aus seinem Herzen und es schien, als ob auch sein Herz vereist sei. Er wollte nur noch sterben und nichts mehr sehen und fühlen. Tränen liefen ihm übers Gesicht. Sollte tatsächlich nun alles zu Ende sein? Hing wirklich alles nur an diesem bisschen Misserfolg? Oder waren es vielleicht nicht doch all die vielen Ereignisse, die es bereits lange vor der Veröffentlichung dieses neuen Buches gab? Nie hatte er den rechten Weg für sein Leben finden können. Die wenigen Freunde, die er einst hatte und die er dann doch wieder verlor, verstanden ihn nie. Und auch sonst verlief alles genau so, wie er es niemals wollte. Sein ganzes Leben war doch nur ein riesengroßes Trauerspiel in dutzenden vergeblichen Akten. Da waren so viele wunderschöne Träume und so viele Hoffnungen, die allesamt zerplatzten wie Seifenblasen im Wind. Doch was sollte er sonst auch tun? Sich als Kellner in einer üblen Kneipe verdingen oder sich vielleicht als Taxifahrer von anderen anpöbeln lassen? Sicher konnte er auch das – er schreckte ja vor keiner Arbeit zurück. Aber er wusste es tief in seinem Inneren, dass er all das nicht wollte. Er wollte endlich einmal ankommen, endlich einmal seine Träume leben. Dabei konnte er ja nur eines, schreiben! Langsamen Schrittes trottete er durch seine winzige Wohnung. Noch ein letztes Mal schaute er sich um. Er sah die schönen Dinge, die er sich einst zugelegt hatte, nur, um ein wenig zufriedener zu sein. Doch nichts hatte ihm letztlich seine Träume retten können. Alles war verloren. Er zog sich seine Jacke über und schloss den Kragen bis zum Hals. Dann lief er hinaus auf die Straße. Mittlerweile hatte sich der leichte Schneefall in einen heftigen Sturm verwandelt. Aber das störte Jack nicht. Entschlossen kämpfte er sich gegen den Schneesturm durch die einsamen Straßen, bis er zu einem Waldstück kam. Am Waldrand entdeckte er ein Liebespaar, welches sich miteinander vergnügte. Leise seufzend lief er weiter und dachte so für sich, wie es hätte werden können, wenn alles besser gelaufen wäre. Aber nun? Nun war alles vorbei. Immer tiefer gelangte er in den Wald und stand alsbald vor einem Bahndamm, der sich zwischen den Bäumen entlang schlängelte. Hier also sollte nun sein letztes Stündlein schlagen, dachte er sich. Hier würde alles zu Ende gehen. Sein ganzes sinnloses Leben, seine Verzweiflung und seine Trauer, aber auch seine Hoffnungen sollten also auf diesen beiden kalten Stahlsträngen ein jähes Ende finden! Machte das wirklich noch Sinn? Gab es überhaupt irgendwo einen Sinn? Warum musste ausgerechnet er solch ein Versager sein? Warum? Er starrte in den Himmel und konnte wegen des heftigen Schneesturmes nichts sehen. Er wusste ja nicht einmal, ob ein Zug fuhr oder nicht. Es war die Stunde null in seinem Leben. Von fern vernahm er das Klappern von Waggons. Das musste der Zug sein. In wenigen Minuten würde er an dieser Stelle vorüberfahren. Bis dahin musste er sich entscheiden. Und er stieg auf den Bahndamm und legte sich quer über das Gleis. Seinen Hals presste er auf eine der Schienen und er spürte die eisige Kälte des Stahls. So viele Züge waren wohl schon über diese Schienen gerattert und wer weiß wie viele Leute haben hier vielleicht schon gelegen. Und nun war eben er an der Reihe. Ein Verlierer gab auf. Und es war ganz seltsam – in dieser Minute seines nahenden Todes konnte er nicht einmal mehr weinen. Er musste laut lachen und fand diese ganze Situation überhaupt nicht mehr so tragisch. Er sah sich von oben und er sah, wie sich der Zug langsam näherte. Gleich würde er sterben müssen. Musste er es wirklich? Das Klappern der Waggons kam immer näher und es war nur noch eine Frage von Minuten, bis die Lok des Zuges vor seinem kraftlosen Leib auftauchen würde. Er malte sich aus, wie es wohl wäre, wenn die scharfen Stahlräder der Lok über seinen wehrlosen Leib fuhren. Und eigentlich konnte er diesen entsetzlichen Gedanken nicht ertragen, doch er musste es wohl, denn er wollte ja sterben. Der Sturm war zu einem Blizzard geworden und schon so stark geworden, dass er kleinere Baumstämme und dutzende Äste durcheinanderwirbelte. Und das Klappern der Zug Räder war dennoch deutlich zu hören. Wie war das eigentlich möglich, dieses Zuggeräusch trotz des Blizzards so deutlich zu hören? Sonderbar, aber das konnte doch eigentlich gar nicht sein. Jack lag zwischen Leben und Tod und sah, wie der Schneesturm über ihn hinwegfegte. Ab und zu traf ihn ein Ast. Doch er hielt es aus und er hielt es durch. Plötzlich sah er jemanden auf sich zukommen. Irgendjemand lief über die Gleise und blieb vor ihm stehen. Der Fremde musste wohl ein Gleisgänger sein, der wegen des starken Sturmes die Gleisanlagen kontrollierte. Jack starrte den Fremden an und fand seine eigene missliche Lage mehr als albern. Eigentlich wollte er doch alles heimlich und ungesehen abwickeln. Das nun doch jemand kam, war ihm gar nicht recht. Und er setzte sich auf. Der Fremde war mit einer Bahnuniform bekleidet und erst jetzt bemerkte Jack, dass der Schneesturm ein wenig nachgelassen hatte. Der Fremde schaute schweigend zu Jack und reichte ihm seine Hand. Jack konnte gar nicht anders- er griff danach und zog sich daran hoch. Als er schließlich aufrecht stand, musterte ihn der Fremde und sagte dann: „Warum willst Du das tun?" Jack konnte gar nicht fassen, dass ihn jemand nach seinem furchtbaren Vorhaben befragte. Nie hatte sich jemand für ihn interessiert und nie wusste jemand, wie es ihm wirklich ging, was in seiner Seele vor sich ging. Er hatte plötzlich den starken Drang, dem Fremden alles zu erzählen. „Ich hab es satt", rief er laut, „mein ganzes Leben ist doch ein einziger Misthaufen, der drei Meilen gegen den Wind stinkt. Nichts gelingt mir und nichts funktioniert. Alles, was ich auch anfange, wird zu Dreck. Sogar mein neues Buch, was mich so viel Kraft und Liebe gekostet hat, ist ein Flop! Keiner will es kaufen!" Der Fremde stieg um Jack herum und stöhnte mehrmals leise vor sich hin. Dann sagte er: „Ach Junge. Du bist vielleicht ein Fantast. Warum nur glaubst Du, dass Dir nichts gelingt? Schau nur, Du lebst und bist sogar auf Deinen eigenen funktionierenden Beinen und mit wachem Verstand bis hierhergekommen. Das ist Dir doch gelungen. Du kannst jeden Morgen den neuen Tag begrüßen. Und Du kannst tun und lassen, was Du willst. Und Du hast es sogar geschafft, einen Verlag von Deinem Können zu überzeugen. Er hat Dein Manuskript gedruckt. Warum also denkst Du, dass Dir nichts gelingt?" Jack druckste herum. Er wusste plötzlich nicht, was er antworten sollte. Der Fremde hatte ja recht. Ging es ihm wirklich so schlecht, dass er sich auf dieses Gleis legen sollte? Warum tat er das überhaupt? Der Fremde schaute ihm mitten ins Gesicht und sagte dann: „Wir denken oft, dass wir nicht gebraucht werden. Und dann werden wir ungerecht und schimpfen auf Gott und die Welt. Dabei sind wir doch am Leben und können den Tag und auch die Sonne sehen. Warum denn immer nur Beachtung und warum immer nur Erfolg und immer noch mehr Geld und Geltung? Warum? Sag es mir Jack, warum? Du bist nicht unglücklich, sei ehrlich. Du bist nur traurig, weil Du noch keine großen Geldsummen für Dein Buch erhalten hast. Aber ist denn Geld die einzige Wertschätzung für Deine Arbeit? Ist da nicht noch viel mehr? Bist Du es nicht selbst, der sich hart durchgekämpft hat durch sein Leben? Du hast doch so viel erreicht. Und nun liegst Du auf diesem eiskalten Gleis und holst Dir am Ende noch eine Lungenentzündung. Geht man so leichtfertig mit seiner Gesundheit um? Was denkst Du?"

Jack schaute weg, er schämte sich, denn der Fremde sprach genau das aus, was er doch längst selbst wusste. Er musste doch wahrlich nichts tun, um endlich anerkannt zu werden. Wozu? Er hatte doch etwas geschafft, er hatte sein erstes Buch in die Läden und unter die Menschen gebracht. War das nicht ein riesengroßer Schritt? Er nickte verlegen und hatte Tränen in den Augen. Der Fremde nahm Jack an die Hand und führte ihn langsam aber entschlossen vom Bahndamm in den Wald. Und Jack ließ es geschehen. Ja, er stand plötzlich gar nicht mehr auf den Gleisen und wartete auf seinen Tod. Er stand mit einem Fremden, den er nicht kannte und der ihm doch irgendwie vertraut schien in einem verschneiten Wald und fror nicht einmal. Nein, es war ihm angenehm warm und es tobte auch kein Blizzard mehr. Was geschah da nur mit ihm? Der Fremde lächelte und sagte dann: „Siehst Du. Das Gleis ist nicht Dein wirklicher Wunsch. Du willst leben und Du hast so viel Hoffnung in Dir. Zerstöre sie nicht und sei nicht mehr traurig. Und fürchte Dich nicht, denn es ist immer jemand da, der auf Dich achtgibt. Es ist immer jemand bei Dir, glaube mir." Jack hatte noch gar nicht so viel von sich erzählt, doch es schien ihm, als hätte er dem Fremden sein ganzes Leben geschildert. Ihm war, als wüsste der Fremde alles von ihm. Aber es störte ihn nicht. Im Gegenteil- er fühlte sich so leicht und so wunderbar wach wie schon seit Jahren nicht mehr. Es war, als hätte ihm der Fremde die Seele gereinigt. Und er wollte sich bei dem Fremden bedanken. Doch der legte nur seinen Zeigefinger auf Jacks Mund und flüsterte: „Sag nichts. Komm, wir gehen jetzt nach Hause." Und er nahm Jack wieder an die Hand und führte ihn durch den tiefen Schnee aus dem Wald. Sie liefen, bis sie zu einer kleinen Kapelle kamen. Sie stand einsam am Waldesrand und Jack konnte sich nicht erinnern, dieses Gebäude schon einmal bemerkt zu haben. Die beiden gingen hinein und Jack blieb vor Staunen der Mund offenstehen. Tausende von Kerzen leuchteten da am Altar und der Fremde lief bis dorthin und kniete schließlich nieder. Er bat Jack, zu ihm zu kommen und ebenfalls niederzuknien. Und Jack wollte es auch, er spürte diese unglaubliche Wärme in seinem Herzen und er war zu Tränen gerührt. Er kniete neben dem Fremden und die beiden sprachen ein Gebet. Da wusste es Jack plötzlich, dass er sein Leben niemals wegwerfen durfte. Er war doch einmalig auf dieser weiten Welt und er musste weiterschreiben. Ja, das war seine Bestimmung. Und als er seine Augen schloss, sah er sein Leben vor sich ablaufen. Doch es war nicht das Leben, welches ihm ständig in seinen Alpträumen begegnete. Nein, es war ein wundervolles glaubensreiches Leben, in welchem er plötzlich als Mensch geachtet und gebraucht wurde. Man hörte auf sein Wort und seine Kinderbücher wurden Bestseller. Er schrieb sich die Seele aus dem Leibe und wurde sehr berühmt. Aber das wollte er gar nicht mehr, denn es reichte ihm schon, den Menschen etwas gegeben zu haben. Was für ein großmütiges Gefühl, den Menschen etwas von sich zu geben. Es war ein wahres faszinierendes Wunder. Und als er seine Augen wieder aufschlug, war der Fremde nicht mehr da. Jack schaute sich um, doch der Fremde war nirgends mehr zu sehen. Nur die Kerzen brannten noch und verbreiteten diesen wundersamen Schein in der kleinen Kapelle. Jack erhob sich und verließ die Kapelle. Als er endlich wieder daheim war, setzte er sich auf sein Sofa und dachte nach. Diese unfassbaren Erlebnisse der letzten Stunden gingen ihm einfach nicht mehr aus dem Sinn. Wer war der Fremde nur, der ihm in der Not das Leben gerettet hatte? Aber war es nicht vollkommen egal, wer dieser Fremde war? Es war doch nur wichtig, am Leben zu sein und Gott wieder lieben zu können. Und er setzte sich an seinen Laptop und begann, ein Kinderbuch zu schreiben. Plötzlich spürte er es wieder in sich … die Liebe zu seinen Geschichten. Diese Liebe war zurückgekommen. Er war wieder ganz der Alte. Und wie früher flossen ihm die Worte nur so aufs Papier. Ja, und schon bald war sein erstes Kinderbuch fertig. Es wurde ein Riesenerfolg und es hieß:

„Der Engel im Schnee"

Asteroiden

Der Hobbyastronom Juri schlug sich mal wieder die Nacht um die Ohren und saß bis nach Mitternacht vor seinen Geräten. Er hatte sich ein winziges Observatorium eingerichtet und das Teleskop nach seinen Erkenntnissen und Ideen umgebaut. Dazu musste das kleine Gartenhäuschen erweitert werden, was seine Frau Nina sehr verärgerte. Denn Juri hatte nur noch die Astronomie und die Sterne im Kopf. Leider vergaß er darüber nicht nur den Hochzeitstag. Gerade in den letzten Tagen sah Nina ihren Mann kaum noch in ihrer Nähe. Der hatte sich hinter seinem Teleskop verbarrikadiert und beobachtete eine nahezu unglaubliche Erscheinung. In der Nähe des Planeten Jupiter entdeckte er eine riesige Gruppe Asteroiden. Sie schienen sich umeinander zu bewegen und geradewegs Kurs auf den Jupiter zu nehmen. Dieser riesige Planet war so eine Art Gravitationsfalle für diese kleineren Himmelkörper. Er zog sie an und hielt sie somit davon ab, ihren Kurs ins Innere unseres Sonnensystems fortzusetzen, um auch der Erde gefährlich zu werden. Die Asteroiden allerdings waren so gewaltig, dass sich Juri nicht so ganz sicher war, ob sie vom Jupiter abgelenkt würden oder nicht. Sollten sie ihren Weg ins Innere des Sonnensystems fortsetzen, könnten sie der Erde unter Umständen gefährlich werden. Doch er glaubte, dass die großen Observatorien der Erde längst wussten, wie die Bahn der Asteroiden verlief. Und so rief er nicht beim Zentralen Observatorium an und beobachtete einfach weiter, was im All geschah. Als Nina ins Gartenhaus kam, um ihren Mann zum Essen ins Haus zu rufen, winkte der nur ab. Er schaute nur noch auf den Bildschirm vor sich und konnte nicht fassen, was er da sah. Die Asteroiden hatten den Jupiter ungehindert passiert und befanden sich nun auf geradem Kurs zur Erde. Juri lief ein eiskalter Schauer über den Rücken. Er hatte ein Rechenprogramm entwickelt, welches die Zeit bis zum Einschlag auf der Erde berechnete. Und als die Zeit auf dem Monitor erschien, stockte ihm der Atem! In ungefähr zwanzig Tagen würden die Asteroiden die Erde erreicht haben. Und dann wäre es vermutlich vorbei mit diesem wunderschönen blauen Planeten. Und obwohl er schon vorher nicht zu Nina ins Haus gehen wollte, um etwas zu essen, hatte er nun erst recht keinen Appetit mehr. Nun musste er das Zentrale Observatorium informieren. Er nahm sein Handy und meldete dort seine Beobachtungen und sämtliche Daten, die er dabei herausgefunden hatte. Die dortigen Wissenschaftler aber hatten all das schon beobachtet. Und sie wiesen Juri an, Stillschweigen zu bewahren. Man wollte erst die Regierungen auf der ganzen Welt von den Erkenntnissen informieren und Juri durfte so lange nichts verbreiten. Dennoch hatte Juri Angst. Er wusste genau, dass es keinen sicheren Ort auf diesem Planeten gab, wenn derartig monströse Himmelskörper einschlugen. Aber vielleicht gab es ja doch noch eine Rettung, den Mond! Vielleicht würden die Asteroiden von der schwachen Anziehungskraft des Erdtrabanten abgelenkt und eine andere Flugbahn einschlagen. Aber diese Hoffnung erschien zu wage. Juri musste es zumindest seiner Frau Nina sagen, doch wie würde sie reagieren? Über ein Haustelefon rief er Nina an. Er bat sie, zu ihm ins Gartenhaus zu kommen, um sie über seine Beobachtungen zu unterrichten. Als Nina vor ihm stand, berichtete er alles, was er über die Asteroiden herausbekommen hatte. Nina starrte Juri schweigend an und wusste im ersten Moment gar nicht, was sie sagen sollte. Vermutlich brachen in diesem schicksalsträchtigen Augenblick all ihre Träume vom Leben, all ihre Hoffnungen und all ihre Pläne von der Zukunft mit einem Mal zusammen. Mit bebender Stimme fragte sie Juri, ob es doch noch irgendeine Hoffnung für die Menschen auf der Erde gäbe. Juri wurde ganz ernst und flüsterte nur ein trockenes: „Nein. Wir werden vermutlich alle untergehen." Nina hatte Tränen in den Augen. Vergessen war das Essen und die Zeit, die Juri in diesem Gartenhäuschen bisher verbracht hatte. Alle schlimmen Dinge, die sie ihrem Mann bisher gesagt hatte, weil er kaum noch bei ihr war, schienen mit einem Male verpufft. Nichts war mehr wichtig. Sie wollte nur noch bei ihm sein, ihn anschauen und seine Worte hören. Auch Juri ging es so. Ihm war klar, dass sie nicht mehr viel Zeit hatten.

Und sie knieten nieder und beteten zu Gott, er möge ein Einsehen mit diesem Planeten und dem darauf befindlichen Leben haben. Dieses wundervolle einzigartige Paradies durfte nicht einfach so zerstört werden. Aber es würde wohl so kommen. Denn die Menschheit war einfach noch nicht so weit, ein solch großes Unternehmen durchzuführen, um diese enormen Massen-Objekte aufzuhalten. Das Unglück schien nicht mehr abwendbar zu sein und das Schicksal der Erde war besiegelt. Als am Tag darauf die Nachrichtenstationen auf aller Welt von diesem unglaublichen Sachverhalt berichteten, fielen die Menschen in eine nie dagewesen Lethargie. Schweigend starrten die Menschen in den Himmel und beteten. Schon bald waren Millionen von Jahren der Entwicklung dieses phantastischen Lebens auf diesem so einzigartigen Planeten einfach dahin. Dann wäre es so, als hätte es diese Welt niemals gegeben. Plötzlich geschah etwas Sonderbares. Die Menschen in Japan bildeten eine endlose Menschenkette. Jeder trug eine leuchtende Kerze in seiner Hand, während er mit der anderen Hand den anderen Menschen berührte. Immer mehr Menschen schlossen sich dieser Menschenkette an. Schon nach wenigen Stunden reichte die Kette von der japanischen Insel Hokkaido über China nach Indien, nach Sibirien, nach Russland, nur die Meere unterbrachen die Kette. Doch schon an den Stränden standen die Leute und führten die Kette weiter. Und alle trugen strahlende Kerzen in ihren Händen. Schließlich hatte sich nahezu die gesamte Weltbevölkerung zu einer unglaublichen Menschenkette vereint. Die hell leuchtenden Kerzen trugen ihren Schein ins All hinaus und dort konnte man dieses Funkeln und Blitzen des warmen Kerzenlichts sehen. Es war seltsam, aber obwohl die Kerzen eigentlich nur ein Lichtlein waren, schienen sie in dieser Kette so stark und hell zu leuchten wie eine neue Sonne. Und auf einmal stockte der Flug der Asteroiden. Irgendetwas schien ihnen im Wege zu stehen. Einer nach dem anderen verschwand in einem grellen Lichtblitz. Schließlich waren sie verschwunden. Als erstes bemerkten es die Wissenschaftler in den Observatorien. So schnell sie konnten verbreiteten sie ihre unfassbaren Beobachtungen. Und alsbald flog es um die ganze Welt – die Erde war gerettet. Wie war das nur möglich? Wie konnten solch riesige kosmische Objekte mit einem Mal verschwinden? Was ging dort draußen vor? Immer wieder beobachteten die Wissenschaftler das All, doch all ihre Messungen bestätigten die Feststellung: Die todbringenden Asteroiden gab es nicht mehr! Juri, der das alles ebenfalls an seinem Teleskop beobachten konnte, war fassungslos. Vor lauter Tränen konnte er gar nichts mehr sehen und er rannte zu Nina ins Haus, umarmte sie und rief: „Wir sind gerettet. Die Asteroiden sind fort!" Nina war überglücklich und die beiden küssten und umarmten sich wie seit langer Zeit nicht mehr. Alle Menschen auf der Welt fielen sich überglücklich und weinend vor Freude und Erleichterung in die Arme. Es konnte also weiter gehen. Das Leben hatte noch einmal eine Chance erhalten. Vielleicht hatte es sich doch gelohnt, eine solch mächtige Menschenkette zu bilden. Und vielleicht haben die Kerzen dieses Wunder bewirkt. Auch Juri wusste es nicht. Er ging fortan nicht mehr so oft ins Gartenhaus und widmete sich mehr seiner Frau Nina. Denn ihm war klar geworden, dass man nur eine Möglichkeit hatte, wenn es weiter gehen sollte, den Zusammenhalt!

Als Juri eines nachts und nach langer Zeit wieder einmal in sein Mini-Observatorium ging, um endlich wieder nach den Sternen zu schauen, fiel ihm etwas Sonderbares auf. Vor einiger Zeit hatten Wissenschaftler herausgefunden, dass sich im Zentrum unserer Galaxis, weit entfernt von unserem Sonnensystem ein schwarzes Loch befand, dass unablässig Materie in sich aufsaugte. Dieses schwarze Loch war verschwunden. Dafür zeigten Juris empfindliche Messgeräte etwas völlig anderes an und ihm wurde schlagartig klar, was es war, dass die riesigen Asteroiden vernichtete: Das schwarze Loch aus dem Zentrum unserer Milchstraße befand sich den Messungen zufolge bereits innerhalb unseres Sonnensystems!

Blizzard

Plötzlich war die Fahrt zu Ende! Irgendwo draußen, auf einem kleinen vergammelten Bahnhof in der Nähe von „Indians-Place". Ich stand auf dem Bahnsteig und wartete nun schon stundenlang auf meinen Zug. Aber er kam nicht. Dafür zog ein heftiger Schneesturm auf. Ich rettete mich ins Innere des Bahnhofsgebäudes. Und es half nichts, ich musste es mir in dem zugigen Bahnhofsgebäude so bequem wie möglich machen. Obwohl ich wirklich sauer war, nun nicht mehr weiterzukommen, arrangierte ich mich schnell mit dem Gedanken, in diesem alten Bahnhof am Rand der Zeit übernachten zu müssen. Denn vor dem nächsten Morgen würde kein Zug mehr fahren. Mein mittlerweile einziger Gedanke kreiste nur noch um dieses wackelige Gebäude. Hoffentlich hielt es dem immer heftiger tobenden Sturm stand. In wenigen Tagen war Heiliger Abend, und das Schneegestöber dort draußen gewann derart an Heftigkeit, dass es diverse Gegenstände, wie Schaufeln und Schilder durch die Luft trieben. Es pfiff durch alle Ritzen und ich staunte, wie viele es doch waren. Und trotzdem ich eine warme Jacke angezogen hatte, fror es mich ganz erbärmlich. Ich machte es mir auf einer hölzernen Bank, die wohl schon hundert Jahre zählen mochte, bequem. Plötzlich wurde die Tür aufgestoßen und ich bekam einen fürchterlichen Schreck. Ich dachte, dass der Sturm die Tür aufgebrochen hatte. Doch glücklicherweise war es nicht so und ein fremder Mann betrat fröstelnd die kleine Halle. Er klapperte derart laut mit seinen Zähnen, dass ich mir schon

Sorgen um seinen Gesundheitszustand machte. Doch er winkte lachend ab und meinte, dass er keinen anderen Ort mehr gefunden hatte, um sich vor dem aufziehenden Sturm zu schützen. Da wir an diesem Abend wohl keinerlei Gäste mehr zu erwarten hatten, stellten wir uns gegenseitig vor. Er hieß Danny und kam aus einer Ortschaft, die wohl nicht sehr weit entfernt sein musste. Er kam mit dem Auto und konnte nicht mehr weiterfahren. Das alte Bahnhofsgebäude schien auch ihm irgendwie der rechte Schutz vor dem Sturm zu sein.

Wir kamen schnell ins Gespräch und ich erzählte ihm von meinem Ausflug in diese Gegend. Ich war auf Recherche und wollte ausgerechnet eine Reportage über vergessene Ortschaften schreiben. Nun kam ich selbst in die Lage, in solch einer vergessenen Situation festzusitzen. Doch Danny schien ein lebenslustiger Mensch zu sein. Er meinte, dass zu Hause seine Frau Emily und sein kleiner Sohn Glenn auf ihn warteten. Vor einer halben Stunde aber brach der Kontakt ab und sein Handy bekam keinen Empfang mehr. Ich versuchte, mein Handy flott zu bekommen, doch auch das funktionierte nicht. Es schien, als wären wir beide regelrecht von der Außenwelt abgeschnitten. Draußen musste die Hölle los sein. Es pfiff und rauschte derart laut, dass wir Mühe hatten, unsere Worte zu verstehen. Außerdem brach der Sturm andauernd irgendein Fenster auf und wehte Unmengen an Schnee in die Schalterhalle. Auf dem Bahnsteig waren schon lange keine Gleise mehr zu erkennen. Stattdessen türmten sich so langsam meterhohe Schneewehen dort auf. Mir wurde schon bange, wohl auch am folgenden Tage nicht mehr hier wegzukommen. Danny schien meine Besorgnis zu bemerken. Er bot mir an, mich bis in die nächste Stadt mitzunehmen. Er musste wie ich nach Norden fahren und konnte mir vielleicht ein Stück Weg abnehmen. Doch diesen Vorschlag musste er wohl oder übel doch noch einmal überdenken, denn auch die Straße sah nicht besser aus als das Gleis am Bahnsteig. Auch dort türmten sich meterhohe Schneewehen und es würde wohl Tage dauern, bis sich jemand bis hierher durchgekämpft hätte. Gemeinsam schoben wir die Sitzbank vor die Eingangstür, um dem Sturm die Möglichkeit zu verwehren, weitere Schneemassen hinein zu pusten. Die Heizkörper funktionierten nicht und uns blieben wirklich nur unsere Kleidung und unsere hitzigen Gedanken, dass es uns etwas angenehmer wurde. Danny erzählte, dass er noch immer keinerlei Weihnachtsgeschenke für die Familie dabeihatte. Und es war ganz seltsam, wir unterhielten uns plötzlich über unsere Erlebnisse, die wir früher an Weihnachten hatten, als wir selbst noch Kinder waren. Es stellte sich heraus, dass Danny in meinem Alter war, und nun verband uns so manche Erinnerung. Plötzlich wurde es stockdunkel. Erschrocken hielten wir den Atem an und harrten sekundenlang den Dingen, die da kommen mochten. Doch es kam nichts! Was war geschehen? Danny fasste sich als erster und schaute durch die kleine Glasscheibe in der Eingangstür. Umständlich, weil er nichts sehen konnte, schob er die Sitzbank beiseite und wollte zu seinem Fahrzeug. Vor dem Eingang jedoch hatte sich eine mannshohe Schneedüne aufgehäuft, die das Licht nicht in den kleinen Wartesaal ließ. Allerdings war es ohnehin bereits Abend geworden, sodass es auch draußen bereits dämmerte. Der Sturm war derart stark, dass Danny kaum vorankam. Er brauchte einige Zeit, bis er seinen Wagen, der eigentlich gleich vor dem Eingang parkte, fand. Er wollte eine Taschenlampe holen. Ich versuchte unterdessen, einen Lichtschalter zu finden. Als ich endlich einen entdeckte und ihn betätigte, reagierte nichts. Also war auch der Strom ausgefallen. Mir schwante bereits, dass das kein gutes Zeichen sein konnte. Als Danny zurückkehrte, schoben wir schnellstens die Bank vor die Tür und Danny klopfte sich erst einmal den Schnee von seiner Kleidung. Als wir wieder auf der Bank saßen und im schwachen Licht der Taschenlampe von heißem Kaffee und einem belegten Brötchen träumten, knisterte es plötzlich zwischen den krachenden Sturmböen, die fortwährend gegen das kleine Bahnhofsgebäude prallten. Wir konnten uns die Herkunft dieses seltsamen Geräusches, welches so gar nicht zu dem Gepolter des Blizzards passte, erklären. Doch plötzlich schaltete sich das Licht wieder ein und ein alter Mann stand mitten in der Schalterhalle. Zwar erschraken wir, doch der Gedanke, nicht so ganz allein in dieser kalten Halle ausharren zu müssen, ließ uns alles andere schnell vergessen.

Der Alte klopfte sich prustend den Schnee von seiner Jacke und ich fragte ihn, wie er durch die versperrte Eingangstür gekommen sei. Er antwortete jedoch nicht auf diese Frage, hustete mehrmals und sagte dann: „Ein Mistwetter! Ausgerechnet jetzt, kurz vor Weihnachten. Hoffentlich hört das bald wieder auf." Danny warf mir einen vielsagenden Blick zu. Er war sich wohl genau wie ich nicht so ganz sicher, woher der Alte wirklich gekommen war. Denn die Fenster waren vom Schnee versperrt, und draußen vor dem Gebäude gab es ebenfalls keinerlei Wege mehr, die man hätte passieren können. Stöhnend nahm der Alte neben uns Platz. Nun waren wir schon drei und ich freute mich, dass er aus seinem kleinen Rucksack, den er bei sich führte, eine Thermoskanne herauszog. Ohne viele Worte zu verschwenden, goss er ein und reichte den Becher an uns weiter. Es war eine Wohltat, den heißen Kaffee herunter zu schlürfen. Wir fühlten uns gleich wesentlich lebendiger, auch wenn uns klar wurde, dass dieser Zustand nicht anhalten würde. Denn vor uns lagen noch eine stürmische eiskalte Nacht und ein ebenso ungastlicher Morgen. Nur wie sollten wir uns daraus befreien? Der alte Mann wusste auch keinen Rat und sprach andauernd über Weihnachten und von den verschneiten wunderschönen Winterwäldern. Ich konnte seine Gelassenheit überhaupt nicht verstehen und machte ihm das auch deutlich. Und ehe ich mich versah, befanden wir uns auch schon in einem angeregten Gespräch über unser Leben und unsere Sorgen. Auch in mir kam so viel hoch, was ich glaubte, längst vergessen zu haben. Dieser lange Weg zur Selbsterkenntnis und die vielen Umwege, die ich so gegangen war, um endlich zu mir selbst zu finden. Das nur, um am Ende festzustellen, dass ich doch noch lange nicht am Ziel meines Weges angekommen war. Der Alte wunderte sich über die vielen unterschiedlichen Wege, die wir so hinter uns hatten. Er meinte, dass es gar nicht so schlimm sei, so viele verschiedene und vollkommen unterschiedliche Wege hinter sich gebracht zu haben. Nur so könnte man die Welt in ihren unterschiedlichen Facetten und Formen kennenlernen. Nur so würde man lernen, richtig zu leben. Dabei käme es nicht darauf an, wie alt man dabei würde. Und gerade ich hatte große Probleme bei dem Gedanken, immer älter zu werden, und dabei vielleicht nie den Stein der Weisen gefunden zu haben. Der alte Mann jedoch sagte nur: „Es ist nicht wichtig, wie alt man wird, um eine Erkenntnis zu bekommen. Es ist wichtig, dass man überhaupt eine Erkenntnis hat. Das allein rechtfertigt schon, richtig leben zu können. Und da ist das Alter nicht wesentlich. Manchmal ist es sogar besser, älter und erfahrener zu sein, damit man diese Erkenntnisse auch ebenso richtig anwenden kann." Danny nickte zustimmend und erzählte ihm von seiner Frau und seinem kleinen Sohn. Und irgendwie schien der Alte gar nicht verwundert zu sein. Er hatte es wohl erwartet, dass Danny Familie hatte. Doch sollte er es ihm wirklich angesehen haben? Ich konnte mir das einfach nicht vorstellen und fragte ihn auch nicht danach. Mir war furchtbar kalt und ich wollte weiterfahren. Ich wollte nach Hause, doch mir war bewusst, dass das nicht ging. Plötzlich sagte der Alte, dass der Blizzard bald aufhören würde. Außerdem müsste er unbedingt weiter. Es wäre dringend, meinte er. Mit den Worten: „Der Sturm wird bald vorbei sein, Ihr dürft nur die Hoffnung nicht aufgeben. Euch und Euren Familien gesegnete Weihnachten", stand er auf. Und noch bevor wir ihm die gefährliche Situation da draußen klarlegen konnten, verschwand er. Gleichzeitig fiel erneut der Strom aus. Nun saßen wir wieder im Dunkeln. Wir hatten nicht bemerkt, an welcher Stelle er hinausgegangen war. Doch eines hatte er wohl vergessen, seinen Kaffee! Die Thermoskanne stand auf der Bank und es befand sich tatsächlich noch ein Rest Kaffee darin. Wir machten uns große Sorgen. Was wäre, wenn er den Weg nicht finden konnte? Danny lief zur Tür. Doch er konnte nichts sehen. Draußen tobte noch immer dieser heftige Schneesturm, und die Schneedünen vor Türen und Fenstern waren unüberwindlich hoch. Es war alles sehr seltsam, doch wir wurden plötzlich derart müde, dass wir schließlich auf der Bank einschliefen. Stunden mochten vergangen sein, als ich endlich wach wurde. Ich schaute auf meine Uhr, sie zeigte 9 Uhr. Doch in der kleinen Schalterhalle war es noch immer stockdunkel. Danny war bereits wach und versuchte, den Schnee von den Fenstern zu entfernen. Doch dazu musste er erst einmal ein Loch in die Schneehaufen bohren. Ich stand auf und schob die Bank weg von der Tür. Als ich die Tür öffnete, stand ich vor einer riesigen Schneewand. Ich rief Danny und bat ihn mir zu helfen, ein Loch in die Schneebarrikade zu schürfen. Glücklicherweise hatten wir dicke Handschuhe dabei, so schmerzte es nicht so sehr in den Fingern. Irgendwann hatten wir einen schmalen Durchgang geschaffen und erblickten voller Freude das Tageslicht. Es blendete sehr stark und es dauerte eine Weile, bis sich die Augen an das grelle Sonnenlicht gewöhnt hatten. Als wir endlich draußen standen, erkannten wir unsere ausweglose Situation. Doch plötzlich ertönte ein lautes Brummen über uns. Wir schauten nach oben und sahen, wie ein Hubschrauber über dem Bahnhofsgebäude kreiste. Offenbar hatte uns bereits irgendjemand vermisst. Die Tür des Hubschraubers wurde geöffnet und jemand rief herunter: „Hallo, wir lassen jetzt eine Strickleiter zu Ihnen hinunter! Klettern Sie daran hoch! Wir kommen noch ein Stück runter! Trauen Sie sich das zu?" „Ja, das geht", entgegnete ich und Danny holte schnell seine Sachen aus dem Gebäude. Mühsam hangelten wir uns an der wackeligen und ständig nach allen Seiten schwingenden Strickleiter nach oben. Dort wurden wir von zwei kräftigen Männern in Empfang genommen. Atemlos lagen wir auf dem Boden des Hubschraubers und wussten gar nicht, wie uns geschah.

Später erfuhren wir, dass der Hubschrauber von einem fremden Mann gerufen wurde. Wir wussten sofort, wer das war, es war der sonderbare alte Mann! Als Danny Tage später sein Fahrzeug holen konnte, staunte er nicht schlecht. Das ganze Auto war über und über mit Weihnachtsgeschenken vollgestopft. Er konnte es nicht fassen und konnte sich erst recht nicht erklären, wie der Alte das alles zustande bekommen hatte. Aber auch ich bekam noch meine Überraschung. Am Vormittag des Heiligen Abend erhielt ich eine Postsendung. Darin war ein Bildband über die Gegend, über welche ich eine Reportage schreiben wollte. Sogar das alte Bahnhofsgebäude, in welchem wir festsaßen, war dabei. Meine Freude war riesengroß. Nur vermisste ich einen Absender auf dem Paket. Dem wunderschönen Bildband lag eine kleine Weihnachtskarte bei und über einer Widmung hatte man einen lustigen Weihnachtsmann abgebildet. Ich erkannte ihn sofort! Es war dieser rätselhafte alte Mann!

Irgendwo in Amerika

Es war einmal in San Francisco – so um die Weihnachtszeit. Ken Jackson lebte seit vielen Jahren in dieser riesigen aufregenden Stadt und fuhr seinen Bus immer die gleiche Strecke, vom „Marina Boulevard" zur „Hayes Street" und natürlich auch wieder zurück. Er war recht zufrieden mit seinem Job, doch mit Vollendung seines 55. Geburtstages schien ihn irgendetwas zu beschäftigen. Seit Jahr und Tag musste er allein durchs Leben gehen. Schon im Kindesalter hatten ihn seine Eltern in ein Heim gegeben und die rechte Frau wollte sich später auch nicht finden.

Die Jahre kamen und sie gingen und sein Bus fuhr immer die gleiche Strecke – hin und wieder zurück.

Eines Nachts hatte es ganz unerwartet zu schneien begonnen. Eigentlich war das sehr selten in dieser Stadt, dennoch war es sehr schön. Ken hatte Nachtdienst und bestieg seinen Bus mit dem merkwürdigen Gedanken, dass sich in dieser Nacht noch irgendetwas ganz Außergewöhnliches ereignen würde. Er spürte es in seinem Herzen, doch er wusste nicht, was es sein konnte. Langsam tanzten die Flocken vom bedeckten dunklen Himmelszeit herab, und er fuhr los, um die Strecke von der „Hayes Street" zum „Marina Boulevard" wie immer nach Fahrgästen abzuklappern.

Als er schon einige Meter gefahren war, bemerkte er ein seltsames Geräusch. Es musste aus dem Motorraum seines Busses kommen und er hielt an. Da in dieser Nacht sonderbarerweise keine Fahrgäste im

Bus saßen, hatte er auch kein schlechtes Gewissen, zu spät am Zielort einzutreffen. Dennoch war ihm das Ganze sehr unangenehm, denn noch nie hatte es einen solchen Zwischenfall gegeben und noch nie hatte er das Ziel zu spät erreicht. Weil ein kalter Wind in den Bus drang, als er die Tür öffnete, zog er sich seine Jacke bis über die Ohren, rieb sich die Hände und sprang mit einem schwungvollen Satz hinunter auf die Straße. Er wollte den Motorblock kontrollieren, vielleicht sogar den möglichen Fehler beseitigen. Doch als er die breite Haube aufklappte, unter welcher sich der Motor befand, konnte er nichts Bedenkliches entdecken. Lange suchte er, bewaffnet nur mit seiner kleinen Taschenlampe, nach dem vermeintlichen Defekt. Doch er konnte einfach nichts finden. So klappte er die Haube eben wieder zu und wischte sich die mit Öl beschmierten Hände an einem Taschentuch ab. Gerade wollte er in den Bus zurücksteigen, da stand sie plötzlich vor ihm – eine dunkelhaarige, wunderschöne junge Frau. Ihre langen Haare wehten im Wind und die Schneeflocken benetzten wie kleine glitzernde Diamanten ihre zarten Wimpern. Dieses Wesen, welches wie aus einer anderen Welt zu kommen schien, lächelte recht verführerisch und schaute Ken lange tief in die Augen. Dann fragte sie den leicht irritierten, fröstelnden Busfahrer, ob der sie wohl ein Stück mitnehmen könnte. Ken schien ein wenig überfahren, doch er willigte ein. Er konnte es wirklich nicht übers Herz bringen, diese gutaussehende junge Frau einfach stehen zulassen, auch, wenn es seine Dienstvorschrift verbat, Leute kostenlos auf freier Strecke mitzunehmen.

Die junge Frau setzte sich ganz vorn in den ersten Sitz und war wohl erleichtert, dass Ken sich ihrer erbarmt hatte. Draußen aber frischte mehr und mehr der Wind auf, wurde schließlich zum Sturm, und der wild umherwirbelnde Schnee versperrte Ken schließlich die Sicht. Er konnte nicht losfahren und meinte, dass es wohl eine Weile dauern würde, bis er weiterfahren könnte. Die junge Frau schien nur darauf gewartet zu haben und erhob sich wieder von ihrem Sitz. Sie postierte sich neben Ken, der sich nervös am Lenkrad festhielt und dabei angestrengt aus dem Fenster schaute. „Ich heiße Kim", flüsterte die Schöne und Ken wusste gar nicht, was er vor lauter Verlegenheit anstellen sollte. Mal kratzte er sich hinterm Ohr, dann wieder auf der Stirn. Als er sich schließlich die frischen Schweißperlen von seiner heißen Stirn wischte, nannte auch er seinen Namen. Er wollte seine Nervosität ein wenig verbergen, schaffte es jedoch nicht so ganz, und das war ihm schon ziemlich peinlich. Die beiden unterhielten sich und fanden Gefallen aneinander. Der Blizzard jedoch ließ auf einmal wieder nach und Ken konnte endlich weiterfahren. Unterwegs jedoch begann der Bus immer stärker zu ruckeln und fing urplötzlich Feuer. Rasend schnell breiteten sich die Flammen im Fahrzeug aus. Ken wollte die Türen öffnen, doch die funktionierten bereits nicht mehr. Auch die Bremsen fielen aus und der Bus raste ungebremst auf eine Kreuzung zu. Währenddessen und zu allem Übel breitete sich nun auch noch dichter Qualm im Fahrzeug aus und das Licht verlosch.

Laut hustend und nach Luft ringend hielt sich Ken noch immer krampfhaft am Lenkrad fest, wollte wohl, dass es nicht verriss und gegen eine Hausmauer am Straßenrand prallte. Er ahnte nicht, wie sinnlos das Ganze war, denn längst waren die Flammen aus dem Motorblock in das Innere des Busses eingedrungen und fraßen sich gierig durch die glücklicherweise menschenleeren Sitzreihen.

Plötzlich ergriff die junge Frau, die alles mit einer unerklärlichen Ruhe beobachtet hatte, die Initiative. Beherzt packte sie die Handbremse und zog mit aller Kraft daran. Offenbar half das und der Bus wurde langsamer, bis er endlich zum Stehen kam. Und es war wirklich kaum zu glauben, aber die eben noch vollkommen verklemmten Türen öffneten sich und die beiden einzigen Insassen sprangen laut hustend hinaus auf die Straße. Draußen war kein Mensch zu sehen – wie ausgestorben lag die Straße, ja sogar das gesamte Viertel vor ihnen. Auch die Flammen, die gerade eben noch den Bus von innen aufzufressen drohten, verloschen beinahe magisch und der Qualm zog rasch ab.

Ken verstand nun überhaupt nichts mehr – was ging hier nur vor? Es grenzte an Zauberei, aber es war, als sei nie etwas gewesen, kein Motorschaden, kein Brand, kein Qualm, nichts!

„Wie in Gottes Namen hast du das nur geschafft", stammelte Ken und starrte Kim dabei entgeistert ins Gesicht. Die lächelte wieder so seltsam und meinte dann, dass sie nun gehen müsste. Und kaum hatte sie das verkündet, strich sie auch schon mit ihren kleinen Händen sanft und gutmütig über Ken´s Gesicht und verschwand schließlich in der Dunkelheit der Nacht.

Der total überraschte Ken versuchte angestrengt, irgendetwas zu erkennen, doch in der schmalen Seitenstraße, in welcher er sich befand, war kaum eine Straßenlaterne, die brannte. Im spärlichen Licht konnte er Kim nicht mehr sehen. Schnell stieg er in den Bus zurück und fuhr ins Depot, wo er das Fahrzeug abstellte und alles noch einmal genau untersuchte. Doch weder einen Motorschaden noch einen anderen Defekt konnte er entdecken. Auch gab es keinerlei Spuren des Brandes, sämtliche Sitzreihen waren in Ordnung und es roch nicht einmal mehr nach Qualm.

Ken verstand die Welt nicht mehr und legte ungläubig die Schlüssel des Busses in das Büro seines Chefs. Als er den Raum wieder verlassen wollte, stieß er ein wenig ungeschickt gegen einen Bücherstapel, der auf dem Schreibtisch neben ihm lag. Die fielen polternd zu Boden. Umständlich bückte sich Ken, um die Bücher wieder aufzuheben. Dabei bemerkte er, dass es sich bei den Büchern um alte Chroniken des Busunternehmens handelte. Neugierig schlug er einen der Bände auf und blätterte interessiert darin. Dutzende alter vergilbter Fotos waren da zu sehen. Die darunter verzeichneten Jahreszahlen versetzen Ken ins Staunen. „Wie lange es den Betrieb doch schon gibt", flüsterte er leise vor sich hin. Ein Foto allerdings weckte sein besonderes Interesse. Es war ziemlich unscharf und zeigte eine junge Frau, die genauso gekleidet war wie Kim. Als er genauer hinschaute, stellte er verblüfft fest, dass es genau diese Kim war - seine wunderschöne, dunkelhaarige Kim, die er in jener sonderbaren Nacht kennengelernt hatte! Doch ein ausgeschnittener Zeitungsartikel unter dem Bild versetzte ihm den Schock seines Lebens! In dicken schwarzen Lettern stand da geschrieben: „Bus in Flammen! Fahrerin starb im Inferno!" Ken konnte es nicht glauben. Wie war das nur möglich? Sollte das wirklich Kim gewesen sein? Hatte ihm diese junge Frau, die eigentlich lange schon tot war, das Leben gerettet? Er verschwieg den schier unfassbaren Vorfall bei seinem Chef, wollte nicht, dass er verlacht oder gar aus der Firma entlassen wurde. Immerhin war nichts passiert und der Bus stand vollkommen intakt im Depot. Eine Woche später lernte er eine junge Frau kennen, die er schließlich auch heiratete. Kurz darauf kündigte er seinen Job und zog mit ihr nach New Jersey.

Warum er so plötzlich jedoch seine so sehr geliebte Arbeit aufgab und sein noch mehr geliebtes San Francisco verließ, wollte er seinem Chef nicht sagen. Denn die nette junge Frau hieß Kim, und sie war einst Busfahrerin in Kens Firma. Tja, und wenn die beiden nicht gestorben sind, dann leben sie noch heute irgendwo in Amerika!

I'll Be Home For Christmas

Zimmer 502

Es war ein wundervoller Urlaub. Ich hatte mich in einem romantischen Berghotel in den Rocky Mountains eingemietet und ging jeden Tag durch die faszinierende Bergwelt spazieren. Die Kälte reinigte meine Seele und die Sonne gab mir wieder neue Kraft. Ich beschäftigte mich damals mit mystischen Orten. In diesen Tagen war das sagenhafte Waverly-Hills-Sanatorium in Louisville/Jefferson County an der Reihe. Ich entdeckte es im Internet und ich fand das Aussehen der verfallenen Gebäude wirklich genau richtig, um dort nach rätselhaften Geistern und diversen Spukgeschichten zu suchen. Besonders beeindruckte mich die sogenannte Körperrutsche, auf welcher einst die unzähligen Leichen, ungesehen nach unten befördert werden konnten. Solch eine bauliche Besonderheit hatte ich bis dahin noch nirgendwo gesehen. Und ich wollte mich eigentlich selbst von all diesen Dingen überzeugen. Doch ich wollte auch meinen Urlaub genießen. Aber plötzlich geschahen äußerst seltsame Dinge, die ich mir einfach nicht erklären konnte. An jenem Morgen wollte ich zu einer neuen Bergtour aufbrechen. Das Wetter war gut und ich wollte mich irgendwo in luftiger Höhe in die warme Sonne legen und an gar nichts denken. Auf dem Flur herrschte reger Betrieb. Irgendwie schienen alle den gleichen Gedanken zu haben. Bei meinem Weg ins Restaurant fiel mir eine junge schwarzhaarige Frau auf. Sie schien zum Personal zu gehören, denn sie trug einen weißen Kittel. Sie fiel mir auf, weil sie irgendetwas zu suchen schien. Als sie mir entgegenkam, schaute ich unweigerlich in ihre großen dunklen Augen. Sie schienen irgendwie traurig zu sein und ich fragte sie, was sie suchte. Doch sie sah mich so merkwürdig an, schien durch mich hindurchzuschauen und lief einfach weiter. Ich lief ihr nach und fragte sie erneut. Doch sie nahm keinerlei Notiz von mir und verschwand schließlich in einem der Zimmer. Da die Zimmertür nur angelehnt war, schaute ich ins Innere des Raumes. Doch da war niemand. Ich war mir jedoch sicher, dass die junge Frau in dieses Zimmer hineingegangen war. Ich schaute auf die Zimmernummer: es war Zimmer 502. ein wenig irritiert ging ich ins Restaurant und ließ mir mein Frühstück schmecken. Dennoch musste ich immerfort an diese junge Frau denken. Wieso konnte ich sie im Zimmer nicht sehen, wenn sie doch dort hinein gegangen war? Es war sehr seltsam und ergab irgendwie keinen rechten Sinn. Nachdenklich brach ich zu meiner Wanderung auf. Es war wirklich ein herrlicher Spaziergang und ich entdeckte eine große Wiese, die offensichtlich von noch keinem anderen Touristen gefunden wurde. Ich setzte mich auf einen Baumstumpf und schloss meine Augen, während ich mein Gesicht von der Sonne bräunen ließ. Plötzlich sprach mich jemand an: „Junger Mann, darf ich Sie mal stören?" Ich öffnete meine Augen und schaute in das makellose Gesicht der fremden jungen Frau aus dem Hotel. In ihrem weißen Kittel stand sie vor mir und lächelte mich an. „Sie haben mich vorhin so seltsam angeschaut", sagte sie, während sie sich dem Sonnenlicht entgegen wandte. Ich wunderte mich wirklich sehr, denn die junge Frau hatte nichts bei sich. Sie trug nicht einmal eine Jacke, obwohl es so kalt war. Und noch seltsamer fand ich, dass sie mir nur wegen meiner Blicke gefolgt war. „Ja, Sie sind mir aufgefallen, weil Sie wohl etwas suchten", antwortete ich verlegen und sie schien plötzlich Tränen in ihren Augen zu haben. Doch dann sprach sie die düsteren Worte, die mir einen eisigen Schauer über den Rücken trieben: „Es ist fort, mein Kind, es ist tot! Ich habe gestern nur mein Zimmer gesucht, Zimmer 502." Ich konnte gar nichts mehr sagen, wieso war ihr Kind tot? Hatte sie es etwa … doch das war ja unmöglich. In diesem unglaublichen Fall wäre sie mir niemals gefolgt. Sie hätte sich verborgen oder wäre vor Angst sogar geflohen. Ich wollte dennoch unbedingt wissen, was sie mit dem toten Kind meinte. Doch als ich sie danach fragte, schwieg sie. Sie meinte nur, dass sie Schwester Mary sei und niemals über den Tod ihres Kindes hinwegkommen würde. Und plötzlich nahm sie meine Hand und presste sie fest an sich. Ich spürte, dass ihre Hand eiskalt war und konnte ihr sonderbares Verhalten einfach nicht verstehen.

Ich drückte ihre Hand, wollte sie beruhigen und ihre Hände ein wenig aufwärmen. Doch sie zog ihre Hand zurück und sagte leise: „Ich muss wieder zurück. Es ist alles zu spät, denn mein armes Kind, es ist tot." Weinend lief sie davon und verschwand schon bald zwischen den Bäumen am Wiesenrand. Ich wollte ihr nachlaufen, doch ich fand sie nirgends mehr. Sie war wie vom Erdboden verschwunden. Gegen Mittag kehrte ich ins Hotel zurück und wollte Genaueres über diese vermeintliche Schwester herausfinden. Dazu befragte ich ein Zimmermädchen des Hotels, aber die konnte sich nicht an eine Schwester Mary erinnern. Auch an der Rezeption des Hotels wusste niemand, wer die vermeintliche Schwester sein konnte. Ich sah sie nicht wieder, doch am Abend, als ich mich wieder meinen mystischen Thematiken zuwandte, bekam ich den Schock meines Lebens. Im Internet informierte ich mich wieder über das Weverly-Hills-Sanatorium, meinem neuesten Studienobjekt. Doch was ich dort las, konnte ich nicht fassen. Es wurde über eine geheimnisvolle Schwester Mary berichtet, die angeblich ihr Kind abgetrieben haben sollte und sich schließlich in Zimmer 502 an einem Deckenbalken erhängt haben sollte. Es war einfach unglaublich, aber die Schwester wurde als schwarzhaarige junge Frau beschrieben. Sollte diese Mary etwa … aber das war ja vollkommen unmöglich. Und was suchte sie ausgerechnet in diesem Hotel? Ich musste der Sache auf den Grund gehen und wollte ins Zimmer 502, um nach Schwester Mary zu sehen. Vielleicht konnte ich ihr helfen oder den mysteriösen Spuk aufklären. Immerhin hatte ich diese Frau am Vortag in dieses Zimmer gehen sehen. Doch als ich auf dem Flur eintraf, wo dieses Zimmer hätte liegen müssen, befand es sich nicht mehr. Die Zimmer endeten bei Nummer 500. Als ich an der Rezeption nach Zimmer 502 fragte, sagte man mir, dass es ein Zimmer mit der Nummer 502 in diesem Hotel nie gegeben hatte.

Helikopterflug

Sonia Sheppard hatte nie viel Glück in ihrem Leben. Zwar hatte sie einen Job und verdiente Geld. Doch es reichte gerade mal für eine kleine Wohnung in der Stadt. Ein Auto oder eine Urlaubsreise konnte sie sich jedoch nicht leisten. Längst hatte sie sich damit abgefunden und glaubte nicht mehr an das große Glück, welches sich ganz sicher nicht mehr bis zu ihr verirren würde. So wunderte sie sich umso mehr, als sie eines Tages in einer Radio-Lotterie den Hauptgewinn erzielte. Es war ein Helikopterrundflug, den sie in wenigen Tagen antreten konnte. Natürlich freute sie sich riesig, denn sie hatte noch nie etwas gewonnen. Obwohl sie nicht so recht wusste, ob sie das Fliegen vertragen würde, wollte sie dennoch diesen Rundflug wagen. Am Tag des Fluges wurde sie schon am Morgen von einem Mitarbeiter der Radiostation, bei welcher sie den Preis gewonnen hatte, abgeholt. Der flotte junge Mann schlug all ihre Bedenken nieder und hatte nur seine eigene Publicity im Kopf. Er brauchte eine gelungene Reportage über eine glückliche Gewinnerin, was natürlich auch ihn ins rechte Licht setzen würde. Die beiden fuhren zum Flugplatz und der Helikopter stand schon bereit. Sonia wurde vom Piloten begrüßt und nach einer kurzen Einführung stiegen die beiden schließlich ein. Sie setzten die Kopfhörer auf und der Helikopter erhob sich in die Lüfte. Es war ein unglaubliches Erlebnis für Sonia und sie vertrug die Höhe erstaunlich gut. Zwar wurde ihr anfangs ein wenig schwindelig, doch das verflog schon bald und interessiert betrachtete sich Sonia ihre riesige Stadt von oben. Auch der Pilot schien Sonia nett zu finden. Er erklärte ihr so manches Gebäude und beschrieb ihr die Auf- und Abwinde, für die Sonia allerdings so gar kein Verständnis zeigte. Es interessierte sie schlichtweg nicht und sie schaute sich lieber die vielen Straßen und die hohen Häuser aus der Vogelperspektive an. Es war schon faszinierend, wie die Welt unter ihr dahinschwebte. Plötzlich jedoch vernahm sie ein sonderbares Geräusch. Es war ein merkwürdiges Rattern, was so gar nicht zu dem bisherigen Singen des Helikopters passte. Ein wenig ängstlich schaute sie den Piloten an und wusste nicht, was sie ihn fragen sollte. Der schien ihr ein wenig irritiert und nervös. Und als das Geräusch lauter wurde, entdeckte sie sogar Schweißperlen auf seiner Stirn. Er hantierte derart konzentriert an seinen Geräten herum, dass er Sonia fast vergaß. Die ahnte bereits, dass der Helikopter einen Motorschaden zu haben schien und spürte, wie die Angst ganz langsam in ihr hochkroch und sie zu lähmen versuchte. Schließlich war das Geräusch so laut, dass sich die beiden nicht einmal mehr über den Kopfhörer unterhalten konnten. Der Pilot gab sonderbare Funksprüche ab und schaute kurz zu Sonia. Die durchlebte gerade die schlimmste Zeit ihres Lebens. Ihr Herz schlug bis zum Hals und sie glaubte allen Ernstes, diesen Flug nicht zu überleben. Da klopfte ihr jemand auf die Schulter. Sie drehte sich um und sah eine fremde Frau auf dem hinteren Sitz. Sie lächelte und sagte dann leise: „Hier sind zwei Fallschirme. Der eine ist für Dich und der andere für den Piloten. Sonia starrte die fremde Frau irritiert an. Sie war sich absolut sicher, dass niemand außer ihr mit dem Piloten im Helikopter Platz genommen hatte. Wo kam diese Frau so plötzlich her? Doch zum Nachdenken blieb keine

Zeit. Sie nahm die beiden Fallschirme und der Pilot staunte, denn er war sich sicher, so etwas nicht an Bord zu haben. Der Motor des Helikopters hatte unterdessen Feuer gefangen und trudelte derart stark, dass der Pilot nichts mehr tun konnte. Zwar wunderte er sich, dass Sonia Fallschirme in ihren Händen hielt, doch zum langen Diskutieren blieb keine Zeit mehr. So schnell er konnte legte er Sonia und sich den Fallschirm an und rief dann: „Auf mein Zeichen springen Sie aus dem Helikopter und ziehen dann diese Reißleine hier! Los!" Sonia drückte die Tür auf und sprang. Hinter sich sah sie den brennenden Helikopter und sie wusste, dass es wohl die allerletzte Möglichkeit war, aus dieser Todesfalle zu entkommen. Aber wo war die fremde Frau geblieben? Nur der Pilot und sie selbst schwebten an feuerroten Fallschirmen zur Erde. Von der Frau jedoch fehlte jede Spur. Als die beiden ein wenig holprig aber sicher gelandet waren, fielen sie sich erst einmal um den Hals. Sie waren gerettet, während ihr Helikopter in einem nahen Waldstück brennend abstürzte. So viel Glück konnte man doch gar nicht haben. Und obwohl Sonia dem Tode schon so nahe war, freute sie sich nun, ihr Leben zurück erhalten zu haben. Sie berichtete dem Piloten von der fremden Frau, die plötzlich hinter ihr saß. Der jedoch konnte sich das alles nicht erklären. Er lud Sonia kurzerhand auf einen Kaffee in die Stadt ein, denn er wollte sie wohl etwas näher kennen lernen. Allerdings wurde er sehr nachdenklich, als Sonia die Frau beschrieb. Dann meinte er, dass vor vielen Jahren mal eine solche Frau die Helikopterflüge angeboten habe. Er war mit ihr befreundet und wollte sie sogar heiraten. Sie stürzte jedoch ab und starb. Sonia wollte wissen, wer diese Frau war und als der Pilot ein Foto von der Verunglückten zeigte, erstarrte Sonia. Denn es war die Frau, die ihr die beiden Fallschirme gegeben hatte.

Mittagssonne

Seit ungefähr zwei Monaten wurde die Taxifahrerin Sally Jacobson aus Michigan-Indiana vermisst. Inspektor White wusste nicht, an welchem Punkt er ansetzen sollte. Ihr Freund, Andy Quant hatte sie an einem Samstagabend verabschiedet, als sie mit ihrem Wagen zur Taxizentrale fahren wollte. Doch dort war sie nie angekommen. Die Straße von Sallys Haus bis zur Taxizentrale führte durch ein verlassenes Waldstück. Der Inspektor durchforstete nahezu das gesamte Areal, doch er fand keine Spur, nicht einmal einen Anhaltspunkt. Immer wieder befragte er ihren Freund Andy. Doch der hüllte sich in Schweigen und konnte sich angeblich nicht erklären, wo seine Freundin abgeblieben war. Er war sehr überzeugend und White hatte keinen Grund, Andy zu verdächtigen. Auch hatte Andy ein glaubhaftes Alibi. Er arbeitete gerade an einem Modellprojekt, wobei er seit Wochen jeden Tag in einem Institut in Michigan arbeitete und nicht abkömmlich war. Die wenige freie Zeit konnte Andy lückenlos nachweisen. Der Inspektor konnte sich einfach nicht erklären, was mit Sally geschehen war. Da ihre Eltern schon seit Jahren nicht mehr lebten, blieb nur die wage Möglichkeit, Sally sei einem Gewaltverbrechen durch einen ihrer Fahrgäste zum Opfer gefallen. Aber wer konnte dieser jungen, gutaussehenden Frau etwas angetan haben? Überall, wo Sally bekannt war, hinterließ sie einen angenehmen Eindruck. Sie hatte faktisch keine Feinde. Und doch musste es irgendwo einen schwarzen Punkt in ihrem Leben oder in ihrem spärlichen Bekanntenkreis geben. So fand White schließlich heraus, dass Sally vor zehn Jahren eine kurze Zeit als Prostituierte gearbeitet hatte. Dabei fand der Inspektor heraus, dass sie sich damals oft mit ein und demselben Freier getroffen hatte. Ein gewisser Greg Wedding aus New York buchte sie beinahe täglich. Er war ein wohlhabender Weinhändler, der seit mehreren Jahren von seiner Ehefrau getrennt lebte. Das Paar wollte sich scheiden lassen, weil Gregs Frau keine Kinder bekommen konnte. Mit Sally versprach er sich eine neue Chance, doch noch eine glückliche Familie gründen zu können. Doch Sally enttäuschte ihn. Sie wollte keine feste Partnerschaft mit einem Mann und trennte sich schließlich wieder von Greg. Der war sehr wütend und stellte daraufhin einige Zeit der jungen Frau nach. Doch als Sally nach Michigan ging, hörten auch die Nachstellungen auf. Der Inspektor nahm Greg ins Kreuzverhör. Er wollte unbedingt wissen, ob er nicht vielleicht doch Rachegedanken gegenüber Sally hegte. Doch Greg, der unterdessen wieder verheiratet war, lehnte das rundweg ab. White gab sich zufrieden. Er hatte das Gefühl, dass Greg die Wahrheit sagte. Irgendetwas in seinem Inneren sagte ihm das. Doch wer sollte es dann gewesen sein? Vielleicht doch Andy, ihr jetziger Freund? Wieder und wieder durchstreifte der Inspektor das Waldstück zwischen Sallys Wohnung und der Taxizentrale, und eines Tages entdeckte er eine einsame Bank inmitten des Waldes. Irgendwie schien sie nicht an diesen Ort zu gehören. Sie stand im Gebüsch und es konnte eigentlich gar keiner darauf sitzen. White drückte das Buschwerk beiseite und setzte sich dennoch auf die Bank. Er ließ die stille Umgebung auf sich wirken und erhoffte sich dadurch eine Idee, einen Geistesblitz vielleicht. Und plötzlich war es Mittag. Sein Magen begann zu brummen und ein schwaches Hungergefühl machte sich in ihm breit. Er wollte aufstehen, um zurück in die Stadt zu fahren, da blendete ihn etwas. Er hielt sich die Hand vor seine Augen und blinzelte in die Richtung, aus welcher das grelle Licht kam. Neben dem dichten Baum lag etwas im Gras, das blitzte wie ein Laserstrahl. In gebückter Haltung schlich sich White zu der Stelle und entdeckte eine Brille, die zerbrochen im Gras herumlag. Er hob sie auf und zog Sallys Foto aus seiner Jackentasche. Und tatsächlich – Sally trug eine solche Brille. Es musste Sallys Brille sein, die er gefunden hatte. Sofort rief er seine Kollegen und die begannen das Gebiet zwischen den Bäumen umzugraben. Sie waren erfolgreich- Sallys Leiche wurde gefunden. Man fand heraus, dass sie erstochen und schließlich an dieser Stelle im Wald vergraben wurde. White jedoch tappte weiterhin im Dunkeln. Wer konnte dieses abscheuliche Verbrechen begangen haben?

Seine Ermittlungen konzentrierten sich immer wieder auf ihren Freund Andy. Irgendetwas stimmte mit diesem verschlossenen jungen Mann nicht. Nur was? Drei Tage nach Sallys Fund fuhr White wieder zu Andy. Er wollte sich noch einmal mit ihm unterhalten. Doch der wollte zunächst nicht mit dem Inspektor sprechen. White unterbreitete ihm eine andere Möglichkeit. Er könnte Andy mit aufs Präsidium nehmen, um ihn dort zu verhören. Und so ließ sich Andy schließlich doch auf das Gespräch ein. Er berichtete dem Kommissar, dass er eigentlich nicht wüsste, wer sonst Interesse an Sally haben konnte. Und er wies jeden Verdacht von sich. Plötzlich bemerkte White etwas, dass ihn schon im Wald auf die richtige Spur gebracht hatte, einen hellen Lichtschein. Ein greller Lichtstrahl fiel durchs Fenster genau auf

Andys Bücherregal. Der Inspektor wunderte sich, stand auf und ging zu diesem Regal. Der Lichtstrahl fiel auf ein dickes Album. Es war ein Fotoalbum. White nahm es aus dem Regal und schlug es auf. Andy kam hinzu und erklärte dem Inspektor die Fotos. Auf einigen der Fotos war ein junger Mann, der Andy sehr ähnlich sah, abgebildet. Andy erklärte, dass es sich bei dieser Person um seinen verstorbenen Zwillingsbruder handelte. Sein Grab befand sich in New York. Der Lichtstrahl wurde so heftig, dass er sich in das Foto des Zwillingsbruders brannte. Für White war das ein eindeutiges Zeichen. Zusammen mit Andy fuhr er nach New York. Andy zeigte White das Grab. Doch der Inspektor bemerkte erneut den Lichtstrahl. Diesmal fiel er auf den Grabstein. White ahnte, was das zu bedeuten hatte. Er musste das Grab öffnen lassen. Andy fand das jedoch nicht gut und war anfangs nicht einverstanden. Doch White erklärte ihm, dass es sich hierbei um die Ermittlungen in einem Mordfall handelte. Er würde das Grab so oder so öffnen lassen können. Andy gab sich geschlagen und das Grab wurde geöffnet. Und als ob White den richtigen Riecher gehabt hätte, schien sich sein Verdacht zu bestätigen, denn der Sarg war leer. Also war es möglich, dass der Zwillingsbruder noch lebte. Aber welche Verbindung konnte es zwischen Sally und Andys Bruder geben? Der Lichtstrahl wusste eine Antwort. Er blitzte just in dem Augenblick auf, als man den Sarg öffnete. Denn anstelle der Leiche fand man einen Brief im Inneren des Sargs. Er war ziemlich verwittert und hatte dutzende Wasserflecken. Der Inspektor öffnete den Brief und las: „Liebe Sally. Ich liebe Dich noch immer. Doch Du hast Dich mit Andy zusammengetan. Das kann ich nicht zulassen. Du darfst nicht zu Andy. Du gehörst zu mir." Für den Inspektor war nun klar, dass Andys Zwillingsbruder Sally ermordet haben musste. Aber wo befand sich der Zwillingsbruder? Wieso war das Grab leer? Warum all dieser Aufwand? Der Inspektor fuhr erneut zu Andy und konnte sich einfach nicht erklären, warum er das tat. Doch als er Andy vor sich sah, schien die Mittagssonne durch die Scheiben der Fenster. Die Sonnenstrahlen fielen auf Andys Gesicht und der versuchte, sich die Hand vor die Augen zu halten. Doch es half nichts. Die immer stärker werdenden Strahlen brannten wohl derart heftig auf Andys Gesicht, dass der zu schreien begann. Und plötzlich brannten sich vor den Augen des entsetzten Inspektors die Buchstaben auf Andys Stirn, die der Inspektor nicht fassen konnte: „Killer"! White war starr vor Schreck. Sollte am Ende wirklich Andy der Killer von Sally sein? Die starken Schmerzen und das nicht von seinem Gesicht weichende Sonnenlicht, zwangen Andy in die Knie. Er krümmte sich vor Schmerzen und rief schließlich: „Ja, ich gebe es zu! Ich habe Sally umgebracht! Sie war eine Hure, versehen Sie, eine Nutte!"

Der Inspektor starrte zu Andy, der mittlerweile auf dem Boden lag und sich kaum noch rühren konnte. Er wollte wissen, wie es Andy getan hatte und rief immer wieder: „Wie haben Sie es getan, wie?" Und aus Andy sprudelte das heraus, was er seit langer Zeit versuchte, im Verborgenen zu halten. Verzweifelt und von Schmerzen gequält rief er: „Ja, ich wars! Ich habe auch keinen Zwillingsbruder. Den habe ich nur erfunden und die Fotos von mir so manipuliert und bearbeitet, dass es ein Zwillingsbruder herausgekommen ist. Auch den Brief habe ich geschrieben und in den Sarg gelegt. Ich hatte Sally so geliebt. Sie kam aus New York und dort hatte ich sie auch das erste Mal gesehen. Ich war einer ihrer Freier. Schon zu dieser Zeit stand für mich fest: die oder keine! Und so machte ich mich an sie ran. Anfangs klappte das sehr gut. Aber dann lernte sie einen anderen Mann kennen. Dieses verfluchte Taxifahren! Ich wusste, dass ich sie deswegen verlieren würde! Schließlich erwischte ich sie mit dem Fremden und schwor mir, dass dieser Mann sie niemals bekommen würde. Wir zogen schließlich nach Michigan und Sally wollte weiterhin Taxi fahren. Doch der andere Mann fand heraus, wo sie lebte, und stellte ihr nach. Ich habe wirklich geglaubt, sie wollte noch etwas von dem Kerl. Und so lotste ich sie unter dem Vorwand, ich sei ein Fahrgast, in den Wald und erstach sie. Das Messer habe ich schließlich in einen Fluss geworfen. Ich vergrub sie und erfand diesen Zwillingsbruder. Das falsche Grab in New York war nur eine Frage des Geldes. Ich wollte es eigentlich nicht tun, aber ich konnte sie nicht einem anderen überlassen!" Der Inspektor wusste nicht, was er dazu sagen sollte. Er nahm Andy fest und wollte sich bei der Sonne bedanken, die ihm auch an diesem Mittag auf die richtige Spur gebracht hatte. Doch als er das Haus verließ und zu seinem Wagen lief, war keine Sonne zu sehen. Es regnete und dunkle Gewitterwolken verdeckten den Himmel. Und die Mittagzeit war schon lange vorbei.